中公文庫

新装版

ダウン・ツ・ヘヴン

Down to Heaven

森　博嗣

中央公論新社

森博嗣

醜い大人たちよ。

人の命が美しいか醜いか
戦うことが正しいか間違っているか、
誰も教えてくれなかった。

教えられるはずがない、
誰も知らないのだ。

それを知ることを諦めた奴が
大人になる。

美しいという言葉でしか、
美しさを知らない。
戦うという言葉でしか、
戦う意味を知らない。

生きていることに怯えて、
なにも知りたくない及び腰。

美しくても正しくても、
醜くても間違っていても、
どちらでも良いのか?

戦う者だけが、
美しさを知ろうとしている。
ただそれだけのことだ。

それだけのことで大人になれなかった
子供たちが今も
お前たちを睨んでる。

contents
目次

Down to Heaven

ダウン・ツ・ヘヴン

彼は寝台に寝るのをいやがって、長椅子の上に寝ていた。ほとんどいつも壁の方を向いて横になったまま、彼はいぜん解決されぬ苦悶をひとり淋しく苦しんでいた。そして、いぜん解決されぬ想念をひとり淋しく思っていた。『これはなんだろう、いったい本当にこれが死なんだろうか?』 すると内部の声がこれに答えた。『そう、そうだとも。』『いったいこの苦しみはなんのためだ?』 すると、また声が答えた。『なんのためでもない。ただこれだけのことだ。』 それから先は、これだけしかもうなにもないのであった。

（イワン・イリッチの死／トルストイ）

prologue

プロローグ

そいつは子供じゃなかった。

初めは二対五。最後は一対一になった。僕が三機を墜とし、僚機の桜城（サクラギ）が一機をやった。そのあと、もう一機が桜城を墜とした。僕が三機めに手こずったせいだ。ほんの少しだけ、間に合わなかった。

桜城は、半年まえに転属でやってきた新人で、良い素質があった。来年まで生きていられたら、腕の立つパイロットになるのでは、というのが僕の観測だった。けれど、最後は、綺麗なピンクの炎が三回、続いて灰色の煙を細く引きずって、真っ直ぐに雲の中へ吸い込まれていった。

一瞬だけ責任を感じた。

二対五という条件において、退却ではなく交戦を選択したことに対してだ。悔いるというニュアンスではなくて、単なる原因として、遡（さかのぼ）っていけばたしかに僕の判断があった。もちろん、そもそもこのフライトのすべてが僕の責任なのだし、彼もそれは充分に承知していただろう。けれども、僕と桜城の腕だったらやれると思ったし、その判断に誤りはなかったと今も考えている。現に、最終的には、一機を失ったものの五機全部を墜としたのだから、評価も低くはない。

そんなことは、しかし、地上の頭が考えたことだ。

空では、後悔している暇なんてない。

そのときだって、たちまち僕の気持ちはリセットされていた。

桜城を墜とした一機を見た。その軌跡をずっと追い続けた。

遠い。

しかし、遠ざかってはいなかった。

来るだろう。

相手もこちらを見ているはず。

きっと来る。

三機を墜とした僕を、墜としにくる。

否、そんなことは関係ない。

恨みなどない。

恐れもない。

むしろ、あるとしたら、相手に対する尊敬の念だ。

ここに残れたことで、お互いが嬉々としている。

握手をしたいくらい。

よく、ここまで来てくれた、という感謝。

さあ、来い。

いよいよ、ラスト。

行こう。

綺麗に戦おう。

それだけを願う。

近づいてきた。

近づいていく。

お互いに角度を増しながら斜めになって旋回に入れる。

相手を上に見る姿勢。

燃料は充分。僕は増槽（ぞうそう）を落としたばかり。油圧も油温も異常なし。リンケージもトリムもぴったり。エンジンも滑らか。コンディションは最高。

深呼吸をして肩の力を抜く。

よし……、リラックスして。

大丈夫、誰もお前を墜とせやしない。

美しく華麗に飛んでみせよう。

相手もプッシャの新鋭機だったから、性能は互角だ。ときどき、フェイントのように貧乏揺すりみたいなヨーイングをする癖がある。ラダーで空気の密度を確かめているのだろうか。片翼にロケット弾を一発残しているようだが、対空のものではない。

どれくらいの腕前か、楽しみだ。

じわじわとエレベータを引く。

その手応えがだんだん重くなる。

加速度で躰がシートに押しつけられると、少しずつ指先へ神経が集中していく。

血液がそちらへ移動しているみたいに。

左右に翼を軽く揺すってから、操縦桿をさらに斜めに引いて、内側へ切り込んでいった。

ほぼ同時に、相手も入ってくる。

スロットル・レバーを握る左手が待つ。

翼を立ててすれ違った。

遅れて空気の衝撃。機体の振動。

振り返る。

どちらも撃たなかった。

無駄なことをしないのは偉い。

逆ループで切り返し、スナップ・ロールで木の葉のように翻る。

相手は低い。左下だ。

直感的に左へ。ダイブに入れて、滑り下りていく。

さらに左、やや右、もう一度左。エレベータ。

速度を利用して上を向いたところで、半ロール。

相手はターン。僕はインメルマンで背面から半ループ。小回りをして、右サイドへ向ける。

相手は下へ逃げた。

もう一度ストールに入れて、トルクで無理矢理機首を向ける。この間にメータをチェック。

機首が下を向いた。

落ちていく。

スロットルを押し上げる。

エレベータを意識して我慢。

爆発的に速度が増す。

正面斜め。

相手は今気づいた。こちらを向きつつある。

遅いよ。
射程に入る。
撃つ。
離脱。
相手の発砲が見えた。
音はしない。
当たったか？
こちらは大丈夫。
フル・アップ。
息を止めて加速度に三秒間耐える。
ニュートラル。僕の機体は真上を向いている。
上昇しながらロールへ。後ろを左右へ振り返った。
見えない。どこだ？　わからない。
とりあえず、フル・スロットルで高度を稼ぐ。
いた。上ってくる。
タフな奴。
エレベータを引き、背面で水平へ。

相手の軌跡を読む。

おかしい。奴の動きが鈍い。

同じ高さまで来て、半ロールしたとき、敵機のカウリングから小さな炎が噴き出した。やっぱり、さっきのが命中していたようだ。白い煙を出し始める。

半ロールして、上を向く。

深呼吸。

勝負はあった。

まだ奴は飛んでいるけれど、もう、向かってこないだろう。高度を落とすか、脱出するか。好きなようにすれば良い。

僕はゴーグルを外して周囲を見回した。

誰もいない。雲と太陽しかない。

燃料を確認。方角を認識。一人で帰ることになる。

ところが、視界の端に動く影を見た。

煙を引っ張った飛行機が向かってくる。

「え、まだやるのぉ?」僕は呟いた。「やめておけよ」

奴のエンジンはもうパワーが落ちている。それが飛び方でわかるくらいなのだ。これ以上の高度は無理だろう。

僕は少しだけ浮き上がる。それで躱そうとした。でも、奴は真っ直ぐに突っ込んでくる。無理に機首を上へ向け、失速するぎりぎりで撃ってくる。

もちろん、届かない。

だけど、太陽を撃ったわけじゃない。僕を狙ったのは確かだ。

珍しいけれど、こういう頭のおかしな奴もいるってことか。

深呼吸してから、ゴーグルをはめ直した。

「しかたがない」小さく囁く。

きっと、きちんと墜としてほしいのだ。人それぞれに思い描く最期があるのだろう。向こうが望むのならば、それに応えるのがマナーだ。

反転。

背面でしばらく飛び、相手を見定める。

一気に片づけよう。

左に倒れ、空気のハイウェイを拭うように下りていく。

フラップで速度を調整。相手の動きに合わせる。

また失速して上を向くつもりだろう。奴にはもうその手しか残されていない。そのタイミングを外して、逆に下へ回り込むか。

希望どおり確実に仕留めてやる。

銀紙みたいなナイフ・エッジで接近。

思ったとおり、上を向き始めた。

間髪入れずダウン。

相手が撃った。まったく遠い。

あっという間に、下に回り込んだ。

向こうは失速状態だから、舵がまだ利かない。

ラダーでスライドしながら、上へ向ける。

僕の前に奴が来る。

ど真ん中に一秒撃つ。

自分の弾筋(たますじ)を見る余裕があった。

アーチェリィみたいだ。

右ロールで軽く離脱。

旋回に入れて、敵機を確認する。

もう駄目だ。降下している。煙の色が黒くなっていたし、プロペラを隠すほどだった。

僕は、そちらへ近づくことにした。相手の顔が見たい、と思ったからだ。そういうことは珍しい、というか、今までにない。飛行機に乗っている奴は、存在は認めても、顔を見たいなんて感じたことは一度もない。このときが初めてだっただろう。なにか異質なものを予感したからにちがいなかった。

ゆっくり斜めに降下していた。エレベータを引いて、高度を維持しようとしているみたいだが、エンジンは止まりかけている。もうすぐ失速するだろう。

さらに近づくと、キャノピィを開けようとしているのがわかった。

僕は接近して横につく。

相手の顔が見えた。こちらを向いている。

灰色の髭を生やしていた。年輩の男らしい。こちらを見て笑ったようだ。白い歯が見えた。やっぱり、頭がおかしいのか、それとも、これで満足したということか。

僕は太陽側だったから、こちらの顔が奴に見えるとは思えないけれど、軽く敬礼をしてやった。それくらいの礼儀は、「世界平和」という言葉と同じくらい、まああっても悪くはない代物だ。観光地の土産物の類と同じレベルってところ。そういうのが苦にならないのは、僕も大人になったってことか。

カウリングの前で小さな爆発があって、ラジエータ・フラップが何枚か吹き飛んだ。炎がまた広がる。プロペラは停止、煙で見えなくなった。キャノピィは半開きのまま。脱出するならば今のうちだ、と僕は思ったけれど、相手にその気配は全然なかった。このままグライドして、地上近くで引き起こして降りるつもりだろうか？　それは危険だし、タイミングが難しい。一発勝負だ。だいたい、そこまで機体後部がもつとは思えない。フレームが熔け落ちて、今に重量バランスを崩すだろう。
もう諦めろ。
僕は、そう言ってやりたかった。
そのとき、奴はエレベータを引いた。
失速するつもりか。
小さな音。
奴の機体は、少し後方だった。
斜め後ろを振り返る。
何の音だ？
ロケット弾を放ったのだ。
操縦桿を握っていた僕の右手が一瞬だけ反応。
ロケット弾は前方へ飛んでいった。
真っ直ぐに、雲の中へ消えた。
全然関係がない。
僕はそれに見とれていた。
もう一度、右後方を見たとき、
奴の機体がこちらを向いていた。

エレベータを引く。

遅かった。

撃たれた。

上昇。

フル・スロットル。

たちまち、敵機は下になる。もう、コントロールを失い、横転していた。

「ちくしょう！」僕は叫ぶ。

もう一発撃ち込んでやろう、と下を向いたけれど、その必要はなかった。タンクに引火したのだろう、大きな爆発があって、カウルが吹き飛んだ。もう終わり。

片翼のロケット弾を放ったのは、その反動で機体を横へ向けるためだったのだ。まさか、そんな真似をするとは想像もしていなかった。捨て身も捨て身、その最後の一矢をくらってしまった。

メータを確認する。

どこをやられた？

燃料も、油圧も大丈夫。

エンジンの音も確かめる。舵も確認。

なんともなかった。

良かった。
両サイドを確かめる。翼端に当たっただろうか。
そんな嫌な音がした。
右後方を振り返って、キャノピィが割れているのを発見した。
まったく、ついてない。
ちくしょう!
あれは、子供のやることじゃない。
大人の執念ってやつか?
舌打ち。
ああ、どうして、こんなことをする?
そして、深呼吸。
切り捨てよう。
そんな気持ちの悪い雑念には、関わりたくない。
こういう日もあるさ。
パーフェクトにはいかない。
そうだ、桜城が墜ちたことの方が、ずっと大きい。
しかたがない。

しばらく飛び、機体に異常がないことがわかったので、のんびり帰ることにした。

雲の上を太陽の方向へ飛ぶ。

三十分ほどして、雲の下へ沈んだ。

地上は小雨だ。

割れたキャノピィが下手な口笛みたいに鳴った。

さらに二十分飛ぶ。

無線が使えるようになって、基地とコンタクト。着陸許可をもらってから、滑走路の上を一旦通り過ぎ、川の上で旋回して高度を落とした。

一機しか戻ってこなかったことは、もうわかっただろう。

きっと、誰もそれを口にしないはず。

最初から、そんな奴はいなかった、と思い直すだけの処理。

あるいは、ノートを一ページ破り捨てるみたいな。

エンジン音。

風を切る音。

機体の軋み。

僕の呼吸。

地面が近づくと、周囲の景色が速くなる。

灰色だ。

地上はどこも灰色。

そして、ねっとりと濡れている。

心配だったギアも正常に出てくれた。ランディング態勢に入る。横風だったので、ラダーを使って斜めにアプローチ。

いつも、着陸間際になると、僕は眠くなってしまう。何故だろう。やっぱり、ここが寝床ってことだろうか。鳥だって、眠るために巣に戻ってくる。

きゅっと音が鳴って、滑走路でタイヤを擦(こす)った。

ごろごろと転がる音。嫌らしい重力を感じて。

建物や自動車や、木や草がここにすべて落ちている。

生まれてから死ぬまで、ずっと落ちっぱなしのやつばかり。

ねっとりとした雨が纏いつき、機体はさらに減速。

ブレーキを軽く使って、格納庫へ向かう側道に入った。すれ違ったジープの男に敬礼する。キャノピィを少しだけ開けた。湿った空気が顔に当たる。雨の馬鹿さ加減はそれほどでもなかった。

格納庫の前に、傘をさした笹倉(ササクラ)が待っていた。汚いツナギを今日も着ている。いい加減に洗濯をしたらどうだって、天使が指摘しないかぎり、あのままだろう。

イグニッションを切った。

プロペラの羽音がさわさわとあとに残る。

ブレーキ。機体が停止した。

ああ、眠いよ。

溜息。

酔っているのだ。飛ぶと、いつも酔ってしまう。

笹倉が小走りに近づいてきて、前方から主翼の上に乗った。

僕は待っていた。シートにもたれたまま。

キャノピィが開く。

「大丈夫か?」笹倉がきいた。

「何が?」僕はゴーグルを外し、目を瞑(つむ)って答える。

目の前が暗くなった。少し目を開けてみると、笹倉の顔が間近にあって、キャノピィの中を覗き込んでいるのだ。そうか、やられた場所を気にしているのだ。

「ごめん、風防って、高いんだよね」僕は言った。

「何言ってるんだ」笹倉は怒っている声。「見せてみろ」

「え、何を?」

自動車が猛スピードで近づいてくる。救急隊だった。

笹倉が、僕の首筋に触れた。
僕は少し寒かった。
やっぱり、眠りたい。
また目を瞑った。
「クサナギ！　しっかりしろ」
笹倉の声が、霧の中、ずっと遠いところから伝わるように。
反響しているわけでも、籠もっているわけでもなくて。
すぐ近くなのに、遠いと感じた。
まるで、雲の中にある天国みたいに……。

episode 1: side slip

第1話 サイドスリップ

「お願いだから、どうか静かに死なしてくれ」と彼は言った。

彼女は出て行こうとしたが、このとき娘がはいって来て、朝の挨拶をしにそばへ寄った。彼は妻を見た時と同じような目つきで娘を見た。気分はどうかという問いに、彼はそっけない調子で、今にみんなを自由にしてやるよと答えた。二人の女は口をつぐみ、しばらくそこに坐っていたが、やがて、部屋を出て行った。

I

医療室の固いベッドの上に寝かされたときには、もうすっかり意識が戻っていた。僕はいつもよりも大きく目を開けて、自分が元気だということをアピールしたけれど、どうにも言葉は出てこなかった。なにを話しても、場違いで滑稽に思えたからだ。自分は怪我をしているようだが、大したことはない、それくらいわかる。周囲の皆が深刻な顔をしていることの方が、とても可笑しかった。屈伸運動をするみたいに、たまには深刻な顔をした方が、健康のためだと考えているのかもしれない。

「大丈夫だよ、全然軽いさ」笹倉が顔を近づけて言った。

「どこ？　怪我は」僕は口をきいた。冷静な口調だったはず。

「首の後ろ」笹倉は囁き声で教えてくれた。

「ああ、そりゃ、見えない」

「かすり傷だ。破片が跳ねただけだ、きっと」

かすり傷に決まっている。首筋に弾を撃ち込まれたら、ここまで戻ってこられない。今頃話ができるものか。

　想像してみて、嫌な気分になった。手を持ち上げて、そこを触る気にはなれなかった。

「キャノピィ、予備がある?」僕は尋ねる。

「心配するな」彼は頷いた。

「すぐに直して」僕は言った。「ここにいたって無駄だよ。ササクラが直せるのは飛行機だけだろう?」

　彼の顔が遠くなった。諦めたようだ。別の人間が横に立った。

　もう、ピントが合わない。貧血かな。

　頑張って、息をする。一瞬、消毒の匂いがした。燃料に似ているけれど、ほんの少しの違いで、こんな嫌な匂いになるなんて不思議だ。

　それから、目を瞑って、最後の戦闘を思い出した。どこでミスをしたか。いつ気づくべきだったか、を考える。

　そもそも、見にいこうとしたのが最初の間違いだったのだ。ああいうパイロットもいるということに、僕は今もまだ驚いている。それが今回の一番のショックだ。あそこまでして、相手を撃ち墜とそうとする気持ちはどこから生まれてくるものだろうか。僕には全然わからない。僕にはそんな意欲がまったくない。否、きっと子供には、そんな感覚自体がそもそもないのだろう。あれは、大人のしつこさではないだろうか。

飛行機にそんな異質な意志が乗って、空高くまで上がってくることの不思議さ。

そう、とにかく不思議。理解できない。

憤りというよりも、気持ちが悪かった。見たくない異様なものを見てしまった、というのに近い。まるで、道路で轢かれた猫の死体を見てしまったみたいに。

たぶん、血圧が下がっているせいで、余計に気持ちが落ち込んでいるのだろう。

明るい空が思い浮かんだ。

何故だろう。

学校からの帰り。畑の中を抜けていく真っ直ぐの道だ。

僕はそこを一人で歩いている。家に帰ったところで、見たくもない母の顔が待っているだけ。長くて枯れた雑草を茎から引き抜いて、それを振り回していた。道端の草を折り倒す。そのうちもっと強い草を発見して、武器を交換する。羽のある虫は見つけ次第攻撃。そうやって周囲の秩序を破壊して一掃しなければ、前進ができないというルールを自分に課して歩いていた。ようは、時間を潰していただけのことだけれど。

坂道の上から軽いエンジン音が聞こえてくる。

トラクタか、あるいはバイクか。ぱたぱたと乾いた音だった。ツーサイクルの単気筒にちがいない。上っていくと、道端に大きなバイクが駐まっていて、白いシャツの男が脚を真っ直ぐに広げて跨っていた。煙草に火をつけ、そのライタをズボンのポケットに押し込んでから、煙とともにこちらを向いた。

僕は目を逸らす。

通り過ぎようとした。

「スイト」呼び止められる。

躊躇して、二、三歩行き過ぎてから、振り返った。

「スイトだろう?」

「何?」僕はきき返す。

男はにやりと笑った。日焼けをした顔。若そうに見えたけれど、額や目尻の皺が深い。無精髭に囲まれた口が、横に広がって、歪んでいる。気持ちが悪いったらない。野蛮な形だ。大嫌いだ。

「大きくなったな」

「あんた、誰?」

「元気か?」また煙を吐きながら、歪んだ口から濁った言葉が出る。液体の混じった泡だらけの声だ。それから、僕の母親の名前を口にして、片方の目を細めた。

元気かどうか、見てわからないのか?

元気じゃなかったら、どうしてくれるというのか。

僕は黙っていた。もう、そのときには、そいつが誰なのか薄々わかったけれど、そんなことは認めたくない。反発するようにじっと睨んでやってから、しかし、どうしたらその場を逃げ出すことができるか必死に考えていた。僕の手に草よりも強力な武器、たとえば銃があれば、それで彼を威して、逃げただろう。しかたがない。僕は軽く頭を下げてから後ろを向き、そのまま立ち去った。頭を下げることに対して屈辱的な感覚を持ったけれど、そんなことはどうだって良いことだ、と自分に言い聞かせた。それくらいの処理はできる。

男がなにか言ったようだったけれど、エンジン音に掻き消されて聞き取れなかった。バイクは僕とは反対の方向へ、走り去った。数秒間我慢をしてから、そっと振り返ると、もう音が遠ざかるだけ。見えなかった。

ほっとした。けれど、しばらくそこで立ち止まって、僕は得体の知れないものを待った。もちろん、なにも現れなかった。

気がつくと、右手が痛い。

草の茎を握り締めていた。手を広げて指先を見る。血が滲んでいた。いつ怪我をしたのかわからなかった。怪我というのは、いつだってそうなんだ。知らないうちにこっそりやってきて、知らないうちに躰の中に入り込んでくる。痛いな、と気がついたときには、もうすっかり自分のものになっていて、口に含んでやりたくなるくらい可愛く思えてしまう。そうやって人を騙す力が、怪我にはある。

小川に架かる橋を渡るとき、僕は持っていた草の武器を投げ捨てた。平らな水面にそれは軽く落ちて、沈むこともなく、そのまま静かに流れていった。とっくにバイクのエンジン音は聞こえなかった。青い空が水面に映っていたから、僕はそれを確かめるために空を見上げた。指を口に含んだままで。口の中で、傷口を舌で撫でながら。

一機の小型戦闘機が、真っ直ぐに音もなく飛んでいるのが小さく見えた。しばらく、僕はそれを目で追った。やがて、山の蔭に隠れてしまうまで。

まえから飛行機に乗ってみたいとは思っていたけれど、それを武器として認識したのは、たぶん、このときが初めてだっただろう。あれに乗って、あのバイクの男を追い払ってやりたいと考えたからだ。

あいつがもう家に来ないように。

もう母に会わないように。

飛行機だったら、それができるだろう。

草の茎ではできない。

今の僕では無理でも、いつかその力を持ってみせる。そんなふうに考えている自分が、懐かしい。少し可笑しかった。

男よりもさきに母を撃ってやりたい、と思わなかったのはどうしてだ？　そちらの方が明らかに効果的な攻撃なのに。

もう笑えない。何故だろう？

2

再び目を開けたときは、白い天井の凸凹とした模様にピントが合うのに五秒ほどかかった。目を動かす。しかし、首が動かなかった。包帯を巻かれているようだ。顎の下に抵抗があった。白い衝立が光を透過して立っているのが見えた。向こう側の方が明るい。誰かがいる気配がした。

「何時ですか？」僕は声を出した。

慌てて動く音。衝立に影が近づき、向こう側から人が現れた。若い女だった。知らない顔だ。

「あれ、ここ、どこ？」僕は続けて尋ねる。

「病院ですよ」女が奇妙な声で微笑んだ。白衣を着ている。看護婦らしい。こういう人形をおもちゃ屋で見たことがある。

「時間は？」

「えっと……」腕の内側の小さな時計を彼女は見た。それも、おもちゃみたいだった。

「九時半です」

「起きてもいい？」

「もう、消灯を過ぎています。お休みになって下さい」

「今までずっと寝ていたんだ。そんなの無理だよ」僕は躰を起こそうとした。看護婦が止めようとしたけれど。「基地へ戻らないと」

「とんでもない。そんな無茶な」

「どうして？　そんな傷？」僕は首の包帯を触る。手を回すと、右の後ろが少し膨らんでいた。しかし、痛みはほとんど感じない。「大したことないでしょう？」

「ええ、大丈夫ですよ。ですけど、すぐにっていうわけにはいきません」

「じゃあ、今夜はここに泊まるわけ？」

「ええ、泊まるというか……、その、入院です」

「入院？　ここに？」

「いえ、この部屋ではなくて、えっと、明日の朝だと思いますけれど、個室へ移動していただくことになります」

「そんな必要ない。すぐに帰る」僕の口調は多少厳しくなっていたかもしれない。

僕は躰を横に向けて、脚をベッドから下ろした。看護婦が、近づいて、僕の前に立った。

「あの、私に言われても困ります」看護婦は困った顔で言った。それから、学校で習ったような苦笑いをする。「とにかく、ゆっくりと休んで、お大事になさって下さい。少し休まれた方が良いのです。お仕事のしすぎなんですよ」

彼女の顔を見据えて、僕は溜息をついた。

たしかに、そのとおりかもしれない。つまり、彼女に文句を言ったところでしかたがない。という部分だ。

「腹が減った。なにか食べられない？」僕は思いついたことを口にした。本当は大して空腹感などなかった。

「さきほど点滴をいたしましたから、もう少しご辛抱下さい。明日には、きっと食べられると思います」

僕は自分の腕を見る。左腕の関節近くに絆創膏が貼られていた。

「なにか飲みたい」僕は言う。「喉が渇いた」これは本当だった。

「お水でよろしいですか？」看護婦が首を傾げる。

僕は頷いた。コーヒーなんて言ってもきいてもらえそうもない。どちらかというと水よりは、煙草が吸いたかった。

看護婦は部屋から出ていった。水を持ってきてくれるのだろう。僕はベッドから降りて、衝立の外側を覗いた。

診察室のような場所だった。ガラス戸のキャビネットが壁際に大人しく並んでいる。デスクや白いカバーの丸い椅子。必要以上に明るい照明と、それを反射する艶やかな床。ベッドに戻ると、下に籠が見つかって、そこに僕の上着やズボンが畳んで置いてあった。

上着を引っ張り出して、襟を見る。血の痕がたしかにあった。胸のポケットを探って、身分証明書も見つかった。しかし、財布はない。飛行機に乗るときは、少しでも軽い方が良い。財布なんか持っていかないから、それは僕の部屋だ。

今着ている長いシャツは、僕のものではなかった。僕のシャツは籠にはない。血で汚れていたのだろうか。捨てられてしまったかもしれない。

看護婦が戻ってきたので、ベッドに座り直した。プラスティックのトレィにやはりプラスティックのコップ。彼女はそれを僕の前に差し出した。静電気を飲めと言われているようなものだ。

「ありがとう」礼を言って、コップを手に取った。口へ運んで二口ほど飲む。生ぬるい水だった。水なんて飲むのは、久しぶりではないだろうか。

「ご気分は、いかがですか?」

「なんともない」僕は笑わずに答える。どちらかというと、気分は良い方だ。

もう一口水を飲んだ。看護婦がトレィを持ったままだったので、三分の二ほど残してコップを戻した。彼女は、それをサイドテーブルに置きにいった。

ドアが小さくノックされる。

メガネの男が入ってきた。やはり白衣を着ている。医師だろう。おもちゃ屋では滅多に見ないタイプだ。僕を見て闇に消えそうな笑みを浮かべた。

「どうです?」低い声で彼がきく。喉が鍾乳洞かもしれない。

「悪くありません」その質問はたった今答えたばかりだ、とも言えない。「あの、この程度の怪我で、入院する必要などないと思います」

「もう一度、明日、精密検査をします」彼は、僕の首の後ろを覗き込み、そこに触れながら言った。耳のすぐそばだから、少しぞっとした。「ところで、クサナギさん、お客様がいらっしゃっていますが、お会いになりますか?」

「誰ですか?」

「カイさんとおっしゃる方です」

「ああ」僕は頷いた。「会います」

「わかりました。では、こちらへお通ししましょう」

「いえ、あの、服を着て、こちらから行きます」僕は答える。「ここで会うわけにはいきません」

「何故ですか?」

「機密漏洩の問題です」

「いけませんか?」僕は顎を上げる。

医師は僕の顔をじっと見た。

「いえ、OKです」彼は頷いて、微笑んだ。

「ありがとうございます」

医師は看護婦になにか囁いてから部屋を出ていった。彼は、甲斐（カイ）のことを伝えにきただけなのだ。看護婦は衝立の向こうへ引き下がった。

僕はベッドの下にある籠を引き出して、ズボンを穿いた。それから靴を履いて紐を結んだ。このとき、少しだけ首の後ろに違和感があった。自分のシャツがないので、病院の服をズボンの中に押し込み、血で汚れた上着を着た。もうすっかり乾いているし、他人の血ではない。自分のものなのだ。

「どこへ行けば良い？」衝立から出ていき、看護婦に尋ねた。

「ご案内します」彼女は既にドアのところに立っていて、それを開ける。僕にさきに出ろ、という仕草。「三フロア下です。エレベータを使いますか？」

「どちらでも」僕は答える。

すぐ近くの階段を下りることになった。建物は古く、階段は薄暗かった。

「大丈夫ですか？」振り返って看護婦が僕を見上げる。

「階段は初めてじゃないよ」僕は真面目な顔で答えた。彼女はくすりと笑う。通じて良かった。

「飛行機ですか？」彼女は小声できいた。

「え？」質問の意味がわからなかったが、僕が着ている服で、それがわかったということだろう。胸のところに文字とマークが入っている。

「乗られるんですか?」

「乗るよ」

なんという会話だろうと思いながら、階段を一段ずつ下りた。廊下へ出て、明るいロビィを横断する。静まりかえっていたが、数人の職員がカウンタの内側にいて、全員がこちらを見つめていた。そのカウンタの中へ入っていき、木目のドアを看護婦が開けてくれた。中はさらに明るかった。

ソファに座っていた甲斐が立ち上がる。僕を振り返って見た。戸口で看護婦が頭を下げ、外側でドアを閉める。

甲斐に近づき、僕は敬礼をした。

「久しぶり」彼女も軽く片手を挙げる。「大丈夫そうね」

「まったく異状はありません」僕は直立のまま応える。

「座って」甲斐は腰を下ろしながら言った。

「はい」テーブルを挟んだもう一つのソファに僕は腰掛ける。

「正直に言って。どんな具合?」

「さきほど、起きたばかりです。ずっと眠っていましたので、今は気分は良いです」

「傷は?」

「大したことはありません」僕は首をふる。

「医師も、そう言っているわ。でも、検査はちゃんとしておかないと」

「明日、また検査をするようです」

甲斐は椅子の上にのせていたバッグを引き寄せ、煙草を取り出した。

「吸う？」彼女は僕を横目で見る。

「できれば」僕は頷いた。

「珍しい」微笑みながら、彼女は煙草とライタをテーブルの上に置く。

僕はそれに手を伸ばし、一本を抜き取った。ライタは細い高級そうな代物で、とても耐久性があるとは思えない。しかし小さな炎でも役目は無事に果たした。僕は煙を吐く。ちょっとした浮遊感があった。

甲斐は鞄から折り畳んだ新聞を取り出し、それもテーブルの上で、僕の方へ押した。かわりに自分の煙草を手に取り、火をつけると、脚を組み直した。いつものことだが、この人の周りには、この人の自信しか見当たらない。きっと、そうでないものは、とっくに焼き捨てられたのか、無理矢理ポケットに押し込んでいるのだろう。それがわかるということは、つまり僕の生き方も、彼女に似ている、ということかもしれない。

煙を吐き出してから、新聞を広げる。トップの記事ではなさそうだ。その横の小さな写真。飛行機の前に立つパイロットの男。髭を生やして、不敵に微笑んでいる。もちろん、見覚えがあった。

僕はゆっくりと顔を上げて、甲斐を見る。目を細め、甲斐は煙を細く吹き出してから、片方の眉を少しだけ持ち上げた。

「君が墜としたのは、かつてトップ・エースだった男」

「そう、こいつです」僕は頷いた。

「え？」甲斐が目を見開いた。「見たの？」

「見ました」

「へえ……」顎を上げて、彼女はそのままソファの背にもたれかかった。「目が良いのね」

「なるほど……、サクラギがしくじったわけじゃなかったんだ」僕は呟く。「この人、名前は？」

「本名はわからないけれど、ジョーカと呼ばれていたわね」

「ジョーカ」その名を繰り返して、白い歯を見せた不敵な笑顔を思い出した。「でも、トップだったのは、昔のことなんですよね？」

「そうだった？」

「ええ」僕は軽く頷いた。「たしかに、落ち着いた飛び方でしたけれど、そんなに、その、特別だとは思えませんでした」

「それは、クサナギが特別すぎるからよ」

「いえ、そんなことはありません。現に結果として、ほぼ同じ性能の五機で二機を墜とせなかったんですから」

「たぶん、新しい飛行機に慣れていなかったのね」

「どうして、そんなことが？」僕は首を傾げた。「そもそも、何故、このジョーカが墜ちたってわかったのですか？」

「それくらい、わかるわよ」甲斐は微笑み、煙を吐いた。「ブーメランが墜ちたら、向こうだって大騒ぎでしょう」

ブーメランというのは、僕のコードネームだ。そうか、そういうものか、と僕は考え直した。お互いにスパイがいて、相手の陣営のことなんてお見通しってわけなのだ。

このとき、スパイという発想から、僕はかつての友人のことを一瞬思い出した。けれど、急いでそれを頭の引出しに戻した。

「そうね、もうこの頃では、トップ・エースとはいえなかったみたい」甲斐は新聞を眺めながら話を続ける。「キルドレじゃないから、年齢的なこともあったでしょう。体力も集中力も落ちてくる頃ね」彼女は、一度下を向いて、自分の靴を触った。それから、目を上げて、僕を見据える。「もちろん、キルドレだって、いつまでもずっとトップ・エースであり続けることはできないでしょうけれど」

彼女の話の方向がよくわからなかった。僕は甲斐の視線を受け止め、黙って考えた。こんな時刻にわざわざ何を話すために来たのだろう。明日ではいけなかったのか。

　僕が考えていることがわかったかのように、彼女は自信に満ちた笑顔で煙を吹き出した。

「しばらく入院して、休みなさい」予想外の言葉だった。その言葉を発した彼女の口を数秒間、僕は見続けた。

「どうしてですか？　そんな必要はありません」

「これは、作戦です」甲斐は躰を起こし、冷たい表情に戻る。「君はもう、普通のパイロットではない。我が社にとって……」

　彼女の言葉はそこで途切れる。

「何ですか？」僕は尋ねた。

「言わない方が良いと思ったの」甲斐は、テーブルの灰皿で煙草を消した。「でも……、そうね、いいわ。とにかく、悪い意味ではない」

「何ですか？」

「兵器」

「ああ」僕は一瞬で理解して頷いた。そのとおりだ。

「無駄に失いたくないの。わかるでしょう？」

「命令には従いますが、でも、飛べないなんて状況は、とても耐えられません」

「少しの間だけです」甲斐は頷いた。

「どれくらいでしょうか?」

「とりあえず二週間」

「二週間も?」僕は立ち上がろうとした。でも、僕の躰の一部がソファにしがみついて、それを妨害した。「そのあとは?」

「今の基地では、誰がナンバ・ツー?」

「どういう意味ですか?」

「できる限り、クサナギが飛ぶときには、安全を見込みたい、というだけ」

「心配はご無用かと」

「心配ではない」甲斐は微笑みながら、首を左右にゆっくりとふった。「精度を上げるため」

「兵器としての?」

「そう、兵器としての」

彼女は微笑んだ。

僕も、笑顔になっていた。

3

翌日には個室に移された。マヨネーズ色の退屈な壁に囲まれて、僕はなにもすることがなかった。本くらい買いに出たい、と看護婦に話したら、買ってくるからタイトルを教えてくれ、と言うのだ。僕は、本のタイトルなんて気にしたことがないので、自分がこれまで読んだものでも、一つとしてそれが言えない。まだ読んでいない本のタイトルなんて、わかるはずがないじゃないか。彼女は看護婦だから、病人の名前を覚えるように、そういう記憶に慣れているのだろうか。

病院の中ならば建物の外に出ても良いか、と尋ねたら、服をあとで持ってくるから、と言い残して看護婦は出ていった。つまり、この戦闘服のままでは歩いてほしくない、ということなのだろう。

食事は普通だったし、医師の診察もあっという間に終わった。傷口を診(み)られているとき、僕は黙って下を向いて、自分の膝を眺めていた。ああ、中に骨があるな、とわかる形。痩せたかもしれない、と思った。いつと比べているのかわからない。でも、子供の頃は、もう少し単純な形だったように覚えている。もっと食べた方が良いだろうか。だけど、体重は軽い方が、飛行機乗りには有利なのだ。

約束どおり、看護婦が着るものを持ってきてくれた。ジョギングをしたくなるようなジャージの上下で、灰色一色。囚人か、それとも精神異常者の役を言い渡された役者になった気分だ。それでも、病人の役よりは悪くない。

部屋を出て、階段を下りていくと、広いロビィの待合いコーナに大勢の老人たちがいて、壁のテレビを黙って見上げていた。一般病棟なのだ。これにはちょっと驚いた。たしかに、こんな場所では制服を着てうろうろするのは気が進まない。

受付の女性が、僕の方をじっと見ていたので、近づいていって、外で体操がしたいが適当な場所があるか、と尋ねたら、一瞬眉を顰(ひそ)めてから、裏庭が風がなくて暖かいですよ、と通路の奥を指さした。どちらかというと、僕は風に当たりたかったのだけれど、しかたなく、礼を言ってそちらへ向かった。

通路の窓から中庭が見えてくる。宝箱の蓋(ふた)のように重い鉄のドアを押し開けて、外に出る。

懐かしい空気があった。

ようするに、「外」は、世界中つながっている。

空も。

深呼吸を数回。地上がこんなに爽やかだと思ったことはあまりない。たった一日なのに、いったい僕はどこへ行っていたのだろう。

中庭といっても、建物に取り囲まれているわけではない。北側には森林が迫っていて、そちらの土地は高く、一番手前は石垣になっていた。庭には芝が敷かれ、ベンチもある。枝を広げた広葉樹の下には、もう落ち葉が溜まっていた。

見渡したところ、誰もいない。振り返って建物の窓も確かめたけれど、見える範囲に人影はなかった。

脱走してやろうか、と考える。

石垣は二メートルくらいだから、飛びつけば、上ることができるだろう。そして森林の中へ逃げ込み、ひたすら走る。そのあとは……。そんなことを考えていること自体が、興味深い。僕はほんの少し笑ったかもしれない。

なにもすることがないので、ベンチに腰掛け、空を仰ぎ見た。

眩しさを、僕の目が瞬時に受け入れる。

雲は高く、視界は良好だった。

自分の足許が揺らぐ。

左右にロールしたくなる。

動けない不自由さ、不自然さ、不思議さを感じた。

飛びたい。

離れたい。

今すぐにでも。

もう眩しくはない。いつもの空に比べたら、全然眩しくない。晴れているようでも、地上付近は濁っているからだ。ここまで届く光なんて、打ちのめされたボクサみたいなもので、勝利の片手を上げたって、もう勢いが全然ない。

ドアの音がしたので、振り返る。

頭に包帯を巻いた少年が立っていた。ぼんやりとした顔つきで、辺りを見回し、最後にこちらを見つけてじっとそのまま。彼の背後の窓の内側に看護婦がいて、心配そうな表情で見守っているようだった。

少年は視線を逸らす。地面を見つめる。自分の足を見ているのかもしれない。やがて、下を向いたままゆっくりと歩く。左右交互に足を出すことがとても珍しい、とでもいうように、一歩一歩を確かめて歩いた。ベンチの横まで来て、僅かに顔を上げ、僕の方へ視線を向けた。

僕の顔を見て、それからまた視線を下げ、ベンチを見た。一言もしゃべらなかった。座っても良いか、とききたいのだろうか。もしかして、口がきけないのかもしれない。

僕は、黙って反対側へ移動して、彼が座る場所を空けてやった。彼は目を細め、慌てた様子で一度周囲を見て、最後に空を見上げた。それから、もう一度僕を見てから、ベンチに腰掛けた。座ったあとは、こちらを見ないで、空を見上げている。

　まだ若い。白い頬と顎のラインが幼かった。包帯に隠れて髪はほとんど見えない。筋肉の落ちた細い腕、骨の形がわかる指。それが今は膝の上にあって、この世にはないものを摑もうとする形状で待っていた。

　僕も空を見た。雲の上に、小さな点を見つける。音は聞こえない。かなり高かった。飛行機だ。三機いる。旅客機ではない。あんなに近くを並んで飛ぶのは、爆撃機だけだろう。横を見て、少年の視線を確かめる。彼もそれを見ているようだった。

「何機？」僕は尋ねた。

「三機」少年は即答する。

　彼の膝を見ると、さきほどまで空を摑むような形だった彼の右手が、親指を上にして、握られていた。この世にはないものを摑んだようだ。僕にはそれがわかる。まちがいなく、操縦桿を握る形だった。

「飛行機に乗っていた？」僕は尋ねる。

「覚えていない」静かにそう答えてから、少年は僕の方を向いた。

　真っ黒な澄んだ瞳。

　その中に、空がある。

　そこへ墜ちていけるような。

「その怪我は？」

「墜ちたらしい」彼は即答する。　返答が非常に速い。　彼の躰の動きとは対照的だった。

「らしい?　どこで墜ちたの?」

「さあ」少年は空を見る。「たぶん……」

しかし、待っても、そのあとの言葉はなかった。

「その程度の怪我で済んだってことは、ラッキィだったたね」

「そう……、かな」

ラッキィという言葉の意味が、僕はよくわからない。わからずに使っている。もう塗り替えることができない過去の出来事を、好意的に認識したいときの呪文だ。子供が怪我をしたとき、大人がよく口にする「痛いの飛んでいけ」とほぼ同じ意味である。

「あなたは、どこから墜ちたの？」彼はまたこちらへ視線を向けてきいてきた。

「いや、僕は、墜ちたわけじゃない。墜ちたことはないよ」

「そう……」彼は頷く。「ふわっとして、気持ちが良い。自由になれる」

「墜ちるとき？」

「浮いた感じ」少年は腕を軽く持ち上げた。本当に躰を浮かせるんじゃないかと思えたほどだ。

「じゃあ、覚えているんだ、墜ちるときのことを」

「夢で見る」

「ああ、そういうことか」僕は頷く。「それならば、誰にだってあるんじゃないかな。実際に墜ちたことがなくても、墜ちたときの感覚を知っている」

「どうしてかな?」少年は首を傾げる。

「生まれたときから、たぶん、知っているんだと思う」

僕はそう答えたとき、空を見るかわりに、自分の靴を眺めていた。ずっと昔に墜ちてきたなにかが、今でもそこに落ちているような気がした。どことなく懐かしい一瞬の錯覚だった。

そもそも、人間って、空から墜ちてきたものかもしれない。

それが生まれるということ。

墜ちるのが恐いのは、もう生まれたくないって、思うから?

それじゃあ、死んだら、上がっていく?

どこへ?

4

翌日には、屋上でその少年に会った。看護婦が一人近くにいて、彼につき添っていた。

屋上は、人間よりも背の高いフェンスで囲まれ、その上にさらにネットが張られている。

バスケットボールをしても大丈夫なくらい安全設計だった。そういえば、病室の窓も十センチほど開いたところにストッパが取り付けられている。飛び降りることを防止しているわけだ。誰がこんな低いところから飛び降りたりするものか、と僕には思えたけれど、普通の人間は、この高さで充分に天国へ届くと感じるのだろうか。

そんなに死にたかったら、高圧線の鉄塔くらい上れよ。

せめてそれくらいの努力はしておかないと、神様に嫌われる。

宇宙へ吸い込まれている場所があったら、みんなそこから天国へ墜ちていける。自殺の名所になって、人気を博すだろう。

それは、子供のときに考えたアイデアだけれど、今でも、竜巻を見ると思い出す。

少年は空調設備のフレームに腰掛けて、空を眺めていた。僕は、看護婦からもらった煙草を吸うために、ここへ上がってきたところだった。灰皿も持参。彼の近くで煙を出すことは気が引けたから、ペントハウスのドアの横で、壁にもたれて煙草に火をつけた。

空にはなにもない。雲一つなかった。

こういうときは、どこに天国があると思えば良いだろう?

少年は僕を見ると立ち上がり、こちらへ歩いてきた。そして、僕の前に立ち、軽い敬礼をした。僕は煙草をくわえたまま、敬礼を返す。その同じ手で、煙草を口から離した。

「何のつもり?」僕は尋ねる。

「戦闘機乗りだそうですね」

「うん」僕は頷く。表情は変えない。誰かから僕のことを聞いたのだろう。看護婦以外にない。プライバシィというものが、ここにはないようだ。

「失礼ですが、お名前も伺いました」

「そう」僕は答える。「君は？」

「カンナミといいます」彼は答える。「たぶん、そうだと思います。みんながそう呼んでいるので」

「カンナミ」僕は彼の名を繰り返した。

「自分に会ったことはありませんか？」

「ない」僕は答える。そして、片手を広げた。「これ以上、話すのはやめよう。規則だ」

「わかりました。僕はなにも覚えていないので、話したくても話せません」

「そういうこともある。でも、覚えていないと困ることがある？」

「いいえ」彼は首を横に動かし、少し笑った。「ただ、飛行機の操縦がまたできるかどうかが心配です」

「できるさ」

少年は少し緊張した顔になって、一度空を仰ぎ見た。上を見たとき、カメラのシャッタを切るみたいに一度目を閉じ、顔をこちらへ向けてから目を開いた。その瞳に、空が映っているように思えた。

「あなたは、有名なパイロットです」

「へえ、それは覚えていたの?」

「いえ、すみません。そう聞きました」

「誰がそんなことを?」

僕は後ろを振り返った。ずっと離れたところに看護婦が立っている。こちらを見守っていた。小柄な若い女性だ。僕が知っている看護婦ではない。彼女が、少年に僕のことを教えたのだろう。

「お願いがあります」彼は言った。

「何?」

「手を見せていただけませんか?」少年は片手を前に出す。

「手?」僕は右手を差し出した。「もしかして、手相とか?」

彼は指で、僕の手に軽く触れた。手の甲から、指先へ。

僕は少し可笑しかった。彼の顔を見ている。真面目な表情で、じっと僕の手を観察しているのだ。そして、ふと視線を上げると、上目遣いに僕を見据え、遅れてにっこりと微笑んだ。

「ありがとう」彼は言う。

「なにか、わかった?」

「綺麗な手だ」

「それだけ?」

「それだけです」

沈黙。

二人とも、お互いの瞳を見る。

何だろう?

不思議な気持ちが湧き起こった。

まるで、彼の視線のその先に、なにかが飛んでいるような気がした。つまり、僕の瞳の中に、それは飛んでいる。僕も、彼の瞳の中のなにものかを追いかけていた。そこには空があって、雲はなくて、まったくのスカイブルー。小さく。点のように動くもの。それを求めて。その道筋。直線とカーブ。滑らかな。ときどき白く。ときどき光って。その軌跡。それをじっと。追って。滑らかに目が。瞳が動く。浮いているような。水の透明さと同じ空気。密度を超えた滑らかさ。滑るように。ゆっくりと、しかし一時も止まらない。飛んでいるからだ。そう、飛んでいる。飛んでいるものを、僕たちはお互いの瞳の中に見ているのだった。

看護婦が近づいてきたので、二人とも視線を逸らした。彼は空を見上げたようだった。

僕はまた、自分の足許を確認した。再び、そこに墜ちているものを予感したからだった。背筋がぞっとするような、気持ちの悪さ、それとも気持ちの良さ。

何だろう?

僕がかつて落としたものだろうか。

けれど、

彼の瞳の中に見えたものとは似ても似つかない現実が、僕の足許から広がっていて。すべてが地面に貼り付くようにして、埋もれるようにして。どろどろと砂や砂利を巻き込んで。隠れるように。地面に化けている。アスファルトに化けている。そうして、僕の影の振りをして、僕に纏(まと)いついている。その影の微妙な抵抗を、僕はいつも引きずっているのだ。

看護婦が少年になにか言った。もう戻った方が良い、という意味だったかと思う。僕には聞き取れなかった。看護婦が開けたドアから、彼はペントハウスの中へ消えた。ドアの中で振り返って僕を見たようだったけれど、暗くて顔はよく見えなかった。振り返ったこと自体が気のせいだったかもしれない。

僕は屋上に一人残った。

彼に触れられた右手を見る。

それから、左手を見た。

指に煙草が挟まれていて、火が消えていた。

5

夜、看護婦が呼びにきて、電話だと言う。部屋を出て、同じフロアの看護婦の控室までついていく。カウンタの内側にドアがあって、その奥の部屋に電話があった。壁には沢山の引出し。薬が入っているのか、それとも書類だろうか。

笹倉からだった。

「元気か？」

「うん、元気」

「そりゃ良かった。明日くらい、時間がとれたら、見舞いにいってやるよ」

「どこからかけている？」

「例のカフェ」

「ここは、どこ？」

「ここって？」

「僕のいる病院」

「どこって、隣町の外れだよ」

「どれくらいかかる？」

「バイクで一時間ちょっとかな」

「どうして、こんなところに入れられたんだろう？」

「そんなこと、気にするなって。なにか、持ってきてほしいものとかは？」

「飛行機」

「ほかには？」

「本」

「どんな本？」

「僕の部屋のデスクの上に積んである。全部で四冊あるはず」

「クサナギの部屋には入れないよ」

「ゴーダに頼めば開けてくれるんじゃない？」

「駄目だよ。見舞いにいくなんて言えないし。絶対に許可が下りない」

「それじゃあ、本を貸したから返してもらいたいって言ってみたら、どう？」

「俺、本なんか読まないからな」

「ゴーダはそんなこと知らないよ」

「うーん」笹倉は唸った。「しかたがないなあ。エンジンの本とかだったらいいけどな」

「詩集と、小説と、あと伝記が二つ」

「詩集？　けっ」

「それとも、見舞いにきてくれたっていう、気持ちだけにしとく？」

「いや、持っていってやるよ。ほかには？」

「そうだね。散香(サンカ)の写真がない？」

「え？　なんで」

「いや、部屋に貼っておこうかと思って」僕は嘘を言ったので、声が少し籠もってしまった。

「変な奴だと思われるぞ」

「誰に？」

「看護婦とかにさ」

「うん」

「もう、思われているか？」

「どうかな」

「そんなに本が読めるくらい、長くかかるのか？」

「わからない」

「まあ、ゆっくり休めって」

「キャノピィは直った？」

「ああ、今日取り替えた。あと、ラダーに穴が開いてたよ」

「それくらいで済んで良かった」

「珍しいこと言うな」笹倉が笑う。「鎮静剤とか打たれたんだろう?」

注射で思い出して、ドアの方を振り返ると、看護婦が外からこちらを覗いていた。

「もう、切るよ」

「ああ、お休み。じゃあ、明日」

「ありがとう」

僕は受話器を置いた。それから、看護婦にも頭を下げてから、人形になった気分で通路を歩いた。なんという礼儀正しい草薙水素(クサナギスイト)。いつから、こんなに大人しくなったのだろう。これではまるで入院患者だ。けれど、笹倉の電話が嬉しかったことは、どうも確からしかった。

6

夜中に目が覚める。

暗い病室の天井。

窓の方が明るい。何の明かりだろう?

僕はベッドから脚を下ろして、靴に中途半端に爪先を入れる。そのまま立ち上がり、静かに窓まで近づいた。

ライトが沢山光っている。こちらを向いているのではない。でも、圧倒的な光量が漏れていた。今まで気づかなかった。こんな施設があるなんて。

窓を開ける。でも充分には開かない。顔を出すことはできなかった。それでも、冷たい空気が甘く気持ち良い。風速は二メートルほどか。見上げると、星空が煩いくらいだった。

小さな音が背後でした。僕は振り返る。

もう一度、同じ物音。

ドアへ歩み寄った。鍵はかかっていない。僕はドアを開ける。白い顔が目の前にあった。額に垂れた前髪。その下に、僅かに光を反射する瞳が二つ、音もなく瞬く。

空を知っている瞳。

宇宙を知っている瞳。

「カンナミ」僕は少年の名を口にした。「どうしたの? こんな時間に」

「起きていましたか?」

「うん」

「服を着て下さい。外に出ます」少年は言った。見ると、彼は制服を着ていた。胸の階級を見た。僕よりも二つ下だった。

「どうして？　君、怪我はもういいの？」

少年は頷き、片手をゆっくりと上げて綺麗な敬礼をする。

一度ドアを閉め、僕は服を着た。ほかになにかしなければならないのでは、という観念が背後から重力のように襲ったけれど、どうにか、それを振るい落とす。この僕に、いったい何をしろというのだろう。することはただ一つ。

それは飛ぶことだ。

少年の敬礼の意味は、明らかにそれを示している。

どういうわけか、僕にはその解釈しかなかった。

まちがいない。

最後は、ベッドに腰掛けて片膝を折り、靴の紐をしっかりと結んだ。もう一方も。空に上がれば、靴の紐なんて無関係だけれど、でも、結び直すことは難しい。これが、地上にいる、ということのシンボルだろう。毎朝ベッドから出るたびに、僕は地上にいる、という確認をする。何度も、この紐を結んだ。この紐を結んでから、地上を離れる。

ドアを開けて外へ出た。少年は通路のコーナに立って待っていた。僕よりも少しだけ背が高い。体重は、もしかして僕よりも軽いのではないか。それくらい痩せている。

「行きましょう」彼は言った。

「どこへ？」

「ご案内します」彼はくるりと背中を向ける。

新しい制服だ。まだ血に染まったことのない。

僕は、その輝かしい綺麗な少年の背中についていった。

階段を下りる。真夜中だ。時計を見てこなかったけれど、午前三時頃だろうか。誰にも会わない。ロビィのカウンタも淡い明かりが残っているだけで、人影はなかった。

少年は正面玄関から出ていく。僕もそのあとに続く。アスファルトの坂道を下り、ゲートへ向かった。右手の遠くに明るい照明が見える。病室から見えたライトだ。一つではない。沢山そちらにある。建物は、しかし見えなかった。

ゲートを出て、車道を横切り、坂道の歩道を上っていった。自動車も走っていない。この近辺には住宅はなさそうだ。錆びたシャッタを下ろした倉庫のような大きな建物が、数棟並んでいる。看板もない。

空気はとても冷たかった。僕は、シャツの上に制服を着ているだけだった。マフラや手袋がほしいと思うくらい冷えている。けれど、その程度のことはまったく問題ではない。コクピットにだって、自分の体温を標示するメータはないのだ。油圧と油温だけを気にしていれば良い。

星空をちゃんと見た。やはり三時頃だとわかった。振り返って病院の建物を眺めたけれど、ほとんどシルエット。照明が灯っている窓はなかった。屋上に赤い小さなライトが点滅しているだけ。

坂道を上りきったところで、前方の風景が見えてきた。まずすぐそばにフェンスがあった。コンクリートだろうか、三メートルほど立ち上がり、左右に延びている。沢山の落書きや、ポスタで飾られていた。さらにその上には有刺鉄線がオーバ・ハングして、こちらへ傾斜している。すべての明かりはその向こう側のずっと奥から溢れ出たものらしい。夜の空気に溶け出した甘い光。低い建物の屋根が全部黒く見える。少し離れたところには、丸い大きな建物も。おそらく格納庫だろう。僕の足はだんだん軽くなった。このまま空の階段を上っていけそうなくらいに。

小さなゲートで、ガードマンに少年は敬礼をした。ガードマンは僕の方を見て、素早い敬礼を返す。二人は敷地の中に入った。前庭を斜めに突っ切り、芝の中を抜けていく小径を進む。もう僕は、行く先の格納庫だけを見つめていた。滑走路はまだ見えないが、左手の建物の向こう側に、きっと広がっているだろう。空を見上げ、それから風を読んだ。

少年が一度だけ後ろを振り返って、僕の顔を見た。僕は、一瞬だけ目を合わせただけで、黙っていた。言葉なんていらない。

格納庫が近づいてくる。シャッタは既に開いていた。室内の白い光がぼんやりと円形と放射状の筋を、コンクリートの平面に描いていた。

ようやく滑走路が見えた。高い照明灯が三本。あとは、点々と道筋を飾っているライト。

格納庫の中には、二機の散香。

美しい濃紺と淡いブルー・グレィの迷彩だった。

どこか、違う、とすぐに感じた。

いつもの散香と違う。

僕は近づいていき、一機の周囲をぐるりと回った。形も同じ。武器も同じ。プロペラが同じだから、きっとエンジンも同じ。キャノピィの形も、舵の切れ込みも同じ。

でも、そっとそのボディに触れたとき、違いの理由がわかった。

「何だ？　これ」僕は呟いた。

「金属じゃないんですよ」後ろで少年が答える。

僕は振り返って彼を見た。少年は既にヘルメットを被っていた。そして、もう一つのヘルメットを僕に手渡す。

金属じゃない、という彼の言葉を、もっと吟味したかった。ボディに触れたときの冷たくない感触を、もっと確かめたかった。しかし、ヘルメットを渡されたら、ポケットに仕舞うなんてことはできない。僕はそれを頭に被り、ゴーグルの調節をした。

「飛んでいいの？」僕は軽く尋ねる。

当たり前の疑問だ。

「もちろん」少年は白い歯を見せて微笑んだ。「一緒に飛びましょう」

一緒に？

その言葉は不思議だった。

そういう響きの言葉を、僕は初めて聞いた気がする。

空へ上がるときは、いつも一人。

何機かで隊列を組んでいても、手をつなぐこともできない。

この戦闘機という名の飛行機には、二人は乗れない。二人いる必要がない。もう一人がいても、なんの役にも立たない。それと同じように、僕が生きていくためには、僕以外の人間は誰も役に立たない。誰かと手をつないで生きるなんてことは、絶対にない。それは、もう生きているとは別の状態といっても良いだろう。誰かとともにいるということは、生きているよりも、死んでいるのに近いのではないか。そうだ、死んだら、みんなのところへ行ける。地面に埋められて、周囲と同化して。天国だって、みんなと一緒だろう。手をつなぎ合って。わからないけれど、天国でも一人ということは、ないと思う。そんな気がする。

きっと。

だから、このときの少年の言葉の響きは、僕にはとても衝撃だった。そう感じてしまった自分にびっくりしたのかもしれない。まったく新しい感情だと思った。不思議な、そして、少し不安定な。

コクピットに入って、ベルトを締める。少年の機体がさきに引き出された。エンジンが始動し、小さな白い煙が浮かぶ。プロペラが回り始め、ピッチ・コントロールを確認しているようだった。操舵のチェックを終えてから、滑走路の方へ出ていく。

次に、僕の機体も格納庫から引き出される。甘い排気が拡散した夜の素敵な空気をキャブレタが吸い込み、さえずるような魅惑的なセルモータが、エンジンを誘い出した。心地良い微振動。

メータを確認してから、キャノピィを閉める。

作業員が横に走る。タイヤのロックが外された。僕の左手はスロットルを優しく撫でる。プロペラがそれに反応して、機体をそっと押した。

小気味良い揺れ。横からは綺麗なライト。管制塔の方角だ。

離陸許可が下りて、少年がテイクオフ。

続けて、僕も滑走路の端に待機。すぐにゴーサイン。

スロットルをゆっくりと押し上げていく。

さあ、いい子だ、楽しもうぜ。

少し我慢すれば、タイヤの嫌らしい音が消える。

すべての汚さから、引き離され。

僕は空へ上がっていく。

左右に翼を振る。

少しだけピッチング。

舵の感覚を確かめる。

軽い。

本当に、浮いているようだ。

「軽いですね」無線で少年の声。

「うん、軽い」僕は応える。「馬鹿みたいに軽いな」

どんどん上がる。彼の機体と並んで急角度で上昇。

まったくだれない。

どこまでも上がっていけそうだった。

宇宙まで行けるかも。

「じゃあ、ちょっと、後ろにつかせてもらっていいですか?」彼がきいた。

「やれるものならやってみな」僕は笑った。

少年の機体が右へ翻る。それを見て、僕はゆっくりと回転。背面になった状態で、彼の軌跡を追った。

見事なループから、彼はこちらへ上がってくる。

飛行機がこれだけ軽ければ、誰にだってできるさ。

近づいてきた。

僕は左右から後方を確認。スロットルを押し上げ、その分、フラップをじわじわと下げていく。

気づくかな？

あと三秒で、彼は撃つ。

一、二、三。

フル・アップ。

一瞬エンジンを絞り、ラダーとエルロンを逆へ。

空気を剪断（せんだん）する音。

機体が下を向く。ニュートラル。再びフル・スロットル。

少年の機体が斜め下に見えた。

まだそんなところにいるのか。

「凄い！ 今のは何ですか？」彼がきいてきた。

「話す暇があったら、逃げろ。撃たれるぞ」僕は答える。

完全に射程に入った。

「ダ、ダ、ダ」僕は叫ぶ。「遅い遅い」

少年の機体が左へ舞う。

僕は右へ離脱。

スパイラル・ループから、垂直に上がる。

僕もループに入れる。

本当に軽い。

僕は笑った。

これはいい！

こんな飛行機は初めてだ。

ロールしながら、水平旋回。

「もう一度来な」僕は言う。

「お願いします」少年が応えた。

さあ、どう来る？

彼は急上昇する。それを横に見ながら僕も上へ向けた。

ループに入れると見せかけ、逆に背面でさらに上昇か。なるほど、なかなかの腕前だ。

軽く斜めに躱(かわ)して、こちらはアウトサイド・ループ。

ツイスト気味に踊ってから、右へ反転して切り込んでくる。かなり危険なコースだ。僕はダウンで一瞬修正してから、右ロール。アップ。そして、四分の一のストール・ターン。左へ逃げると見せて、右下。そして、さらに背面からインメルマンへ。

だんだんピッチが上がってくる。
面白い!
コブラ・ツイストっぽいフェイントから、ダイブ。
メータを読む。油圧正常。
スロットルを絞り。スナップ・ロール。
軽い。
一瞬手前で止めて、背面のまま突っ込む。
彼がちょうどロールしたとき、アップを引いて、下から接近。
気がついてロールした。アップ。
「今の反応は合格点だ」僕は言う。
ダウンで彼を追う。
ストールで躱す気だろう。
フラップを下ろしているはず。
さあ来るぞ。
彼の機体が上を向く。
僕もエレベータを引く。加速度が躰に加わる。
ニュートラル。ラダーで修正。

斜めに滑っていく。

トルクを微妙に使った。

今だ。

エレベータを引いて。

スロットル・ハイ。

正面に彼の機体を見た。

「ダ、ダ！」僕は言う。

離脱。

彼の機体は、失速し、そのままくるくると回った。

墜ちていく。

「ありがとう、凄い演技だ」僕はまた笑った。

錐(きり)もみのまま、ずっと下へ行ってしまった。

斜めになって、僕は彼を見届ける。

真下が滑走路だった。建物が小さく見える。そこへ、彼の機体が近づいていく。くるくると風車のように回りながら。

「もういいよ」僕は言う。

しかし、止まらなかった。

「ニュートラル！　一度戻せ！　どうした？」
返事がない。
僕は自分の右手を見る。
操縦桿の上で、親指が待っていた。
まさか、押したんじゃないよな、と思う。
そんなはずはない。
反対へ翼を振り、もう一度真下を見た。
確認。
「もういい！　やめろ！　おい、巫山戯るな」
どんどん落ちていく。
小さくなる。
僕の機体も斜めに、スライド気味に急降下していた。
「カンナミ！」僕は叫ぶ。
黒い点が、滑走路の横の暗い草原の中へ吸い込まれていった。
急に音が聞こえなくなる。
躰中がしーんと冷たく凍ったようになって。
震えだした。

「カンナミ……」

声も。

あんなに、暗い草原へ。

やめろ……。

滑走路を見ているはずなのに、目を開けると、真っ暗な天井が目の前にあって。

動くものは一つもなかった。

自分の呼吸の音を聞き。

額に流れる汗の動きを知った。

起き上がる。

ベッドの上だ。

深呼吸。

「馬鹿野郎」小声で囁いた。「巫山戯るな」

心臓の鼓動が、まだ速い。

汗が頬を伝う。

否、それは汗ではない。

僕の目が泣いている。

勝手に。

何だ？

夢なのに。

どうして、こんなに、苦しい？

暗い。

ここは暗すぎる。

ベッドから脚を下ろし、靴を中途半端に履く。窓の外も暗い。近づいて、外を眺めてみる。

ガラスはちゃんと透き通っていたけれど。

静まりかえった夜。

どこにも、滑走路なんてなかった。

7

そのあと夜が明けるまで眠れなくて、ぼんやりと窓の外を眺めていた。水族館に来たみたいな気分だった。もう少しだけ窓が開いたら、もっと良かったのに。飛び降りたりしないから、ストッパを外してくれないだろうか。調べてみると、プラスのドライバさえあれば自分でも外せそうだった。笹倉に頼んでみよう、と僕は考える。

朝食が運ばれてきた頃には、逆に眠くなって、食べずにベッドでうとうととしていた。一度職員が覗きにきたとき、もう食べないと返事をしたような気がする。起きたら綺麗に片づけられていた。

十時過ぎに医師がやってきて、調子はどうかと尋ねた。最高に良いです、と答える。その医師が出ていったあと、僕はドアに向かって舌を出した。その直後にノック。返事をすると、笹倉が入ってきた。汚いツナギは着ていない。なかなか紳士的な格好だったから、少し驚いた。片手に花を持っている。赤い薔薇みたいな花だ。薔薇かもしれない。

「ま、一応、見舞いだから」彼はその花束をキャビネットの上に寝かせる。「ドライフラワの方が良いと思ったんだが、やっぱり病室には向かないし、かといって、造花を持ってくる勇気もなくて」

何をごちゃごちゃ言っているんだ、と思ったけれど、可笑しかったので許せる。黙って聞いていた。彼は、紙袋を床に下ろし、中から本を取り出した。それもキャビネットの上に置く。

「ちゃんと持ってきた。ゴーダに嘘を言ってさ、君の部屋に入ったんだ。あんなに後ろめたい思いをしたのは、本当に久しぶりのことだ。中学んときに、自販機を壊して、中の部品を取ろうとしたことがあるけど、そのとき以来だな」

「だいぶレベルが違うよ、それ」僕は言う。ベッドの上で、壁にもたれて座っていた。

「あと、煙草を買ってきた」彼は、煙草を二箱、本の上にのせた。

「ありがとう」

「ここは、吸えるのか？」

「ロビィか屋上で吸える」

笹倉は、周囲を見回し、窓際にあった椅子を見つける。彼はそこへ行って、窓の外をちらりと覗いてから、こちらを向いて座った。

「ドライバ、持ってない？」

「今か？」

「そう」

「持ってるわけないだろう」笹倉は口を斜めにする。「そんなもの持ち歩いていたら、危ない奴だ」

「そこのさ、窓のストッパを外したいんだ。全部開かないから鬱陶しい。息が詰まるよ」

この、息が詰まるよ、という部分は単なる思いつきというか、言葉の勢いだった。べつにそれほど気にしていたわけじゃない。

「看護婦に借りたらいいじゃないか」

「自殺すると思われる。絶対に貸してくれない」

「ああ、そうかぁ、そういう意味のものか、これは。泥棒除けかと思った」

「こんなところまで上ってこられないよ」

「ちょっと待ってな」

彼は椅子から腰を上げて、ポケットに手を突っ込んだ。ごそごそとなにかを探している。手際が悪いから、手品をするつもりではなさそうだ。しかし、ドライバを出したら、拍手してやろうと僕は思った。

彼が取り出したのは、コインだった。僕にそれを見せてから、あちらを向いて、窓枠に顔を近づける。

「そんなものでできる?」

笹倉は答えない。その間に僕はベッドから降りて、キャビネットの本を確かめにいった。それから、花束の紙を解く。サイドテーブルに看護婦が持ってきた水の入ったポットがある。グラスもある。多少迷ったけれど、ポットの蓋を外して、そこに花の茎を差し入れた。もう、水が飲めなくなったわけだけれど、ここへ来てから一度も使っていないのだから、大きな問題はないだろう。

それらの作業を終えてから、窓際で苦闘している笹倉の背中に近づいた。

「無理だったら、いいよ」僕は言う。

しかし、彼は答えない。息づかいだけが聞こえてくる。現場の様子はわからなかった。話しかけるのも気が引けたので、本を一冊手にして、ベッドに戻る。もう一度壁にもたれかかり、詩集を広げた。どこまで読んだのか確かめるため、ぱらぱらとページを捲る。

「よっし」笹倉が言った。

しかし、特に変化はない。さらに二分ほどして、今度は無言で彼はこちらを振り返った。僕にストッパの金具を見せる。

「へえ、外れた？」

「外れた。でも、あと一つある」

「え、まだある？」

「こっちの窓枠のやつ」

「もういいよ、片方で充分。そっちは開けないから」

「そうはいかない。やるときは徹底的にやらなくては」

「どうして？」

「それが、まあ、ササクラ式ってことだ」

「べつにササクラ式じゃなくてもいいからさ……。ありがとう。もう充分だって」

「ほかに、なにか、ないか？」

「いや……、もうない」僕は少し笑った。「そんなに、外せるもの、ないよ、ここには」

「ドアだって外せるぞ」笹倉も笑った。

看護婦が驚くだろう。面白いかもしれない。

でも、笑いはすぐに終息。その後、数秒間沈黙。

なにか話すことはないかと考える。エンジンの実験はどうなったのか、なんて話題は、しかし、持ち出したらかえってまずいだろう。長話になるにきまっている。笹倉も、話題を考えているようだった。なかなか顔を上げない。椅子に脚を開いて座り、両膝を両手で摑んで、じっと床を見つめていた。大砲に入れられて打ち出されるのを待っているロケットマンみたいだった。

「基地で、なにか変わったことは?」僕は尋ねた。

「なにも」笹倉は顔を上げ、首を一度だけふった。「この二日は、誰も飛んでないし」

「早く戻りたい」

「戻れそうじゃないか」

「いや……」僕は首をふった。「しばらく、駄目みたいだ」

「どうして?」

「さあね」僕は首を竦める。作戦だ、なんて言ったところで虚しいだけだし。

「あ、そうそう」笹倉は、胸のポケットに手を入れる。そして、紙切れを引き出した。

「ほいよ」

腕を伸ばして受け取ったのは、写真だ。思い出した。散香の写真を頼んだのだ。格納庫におさまっているところだった。いつ撮ったものだろう。

「ありがとう」笹倉の顔を見る。「昨日ね、散香に乗る夢を見たよ。新型だった」

「へえ、どこが変わっていた?」

「ボディが、金属じゃなくて、凄く軽い」

「ああ」彼はうんうんと頷いた。「パイロットってのは、本当、それしか考えないよな」

「凄かったなあ、あの感触」

「武装さえすべて外せば、とんでもなく軽い飛行機になる。ボディを全部プラスティックにするよりも、ずっと軽くなるんじゃないかな」

「だけど、何のために飛ぶのかってことになるよね」

「そうそう」笹倉は口を歪(ゆが)ませる。「そこんとこは、まあ、人間と同じだ」

「え、どうして?」

「仕事をしないでぶらぶらしていられるなら、誰だって、シンプルで善良な人生が送れるってこと」

笹倉の言っていることが、正確にはわからなかった。仕事が人の重さかな、という疑問が理解を妨げた。

煙草が吸いたくなったので、彼と一緒に屋上へ上がった。灰皿はまた途中で看護婦に借りる。屋上の扉を開けると、誰もいない。笹倉は、ネットに囲まれている屋上の周囲を不思議そうに眺めた。

僕は空を見た。今日も晴天。しかし、機影はない。

二人で煙草を吸った。

笹倉は、エンジンの話はしなかった。きっとすると考えていたから、少し拍子抜けだった。一本吸い終わったところで、彼は帰っていった。僕は、もうしばらくここにいる、と言って彼と別れた。

なんとなく、あの少年がまたここへ上がってきそうな予感がしたからだった。笹倉がペントハウスの中へ消えたあと、そのドアをしばらく眺めていた。けれど、なにも起こらなかった。予感なんて当てにならないものだ。

もう一本煙草をくわえ、火をつけた。

空に飛行機が小さく見えた。でも、旋回している。グライドする鳥だとわかった。煙が染みて、僕は目を擦る。

どうして、こんなところで僕はのんびりと煙草なんか吸っているのだろう。だけど、僕がこうして遊んでいたところで、誰かが生活に困るわけでもない。

結局は、そういうこと。

なにも人の役には立っていない。

そんなことはわかっている。

あの鳥だって、誰の役にも立っていない。空を飛ぶってことは、そもそもそういうことでしかないのだ。

自由って、役に立たないものなのだ。

ちょうどこの煙のように。

どちらかというと、いらないものではないか。

嫌われものだ。

でも、煙みたいに自由になれれば良いな、と僕は思った。それには、つまり、煙みたいに消えなくてはならないだろう。いつまでも、自由なまま、この世に留まることはできない。

消えていくその最後に、ものは自由になる。

落ち葉だってそうだ。

煙草を灰皿で揉み消した。

「さあ、クサナギ、部屋へ帰ろう」口の中で独り言を呟(つぶや)く。

ベッドで大人しく本でも読んでいな。

看護婦が、昼ご飯を運んでくるよ。

にっこり笑って、彼女を喜ばせてやるんだ。

それが大人。

それが人間の嗜(たしな)みってやつ。

そして、

壁に飛行機の写真を貼りつけて、それが、自由の欠片だと信じて、我慢している振りをしろ。

なにも難しいことじゃない。

死ぬよりも簡単だ。

生きることの方が簡単だと、きっとわかるだろう。

お前にも、きっと……。

episode 2: stall turn

第2話 ストールターン

ちょうどその時、イワン・イリッチは穴の中へ落ち込んで、一点の光明を認めた。そして、自分の生活は間違っていたものの、しかし、まだ取り返しはつく、という思想が啓示されたのである。彼は「本当の事」とは何かと自問して、耳傾けながら、じっと静まりかえった。その時、誰かが自分の手を接吻しているのを感じた。彼は眼を見開き、わが子のほうを見やった。彼は可哀そうになってきた。妻がかたわらへ寄った。彼は妻を見あげた。妻は口を開けたまま、鼻や頬の涙を拭こうともせず、絶望したような表情を浮かべながら、じっと夫を見つめていた。

I

一週間の間、少年に会うことはなかった。それどころか、看護婦と医師、食事を運んでくる職員以外、誰とも会わなかったし、電話もなかった。みんなが、僕のことを忘れているのだろう、とぼんやりと考えた。それ以上に、僕が、僕の存在を忘れていたかもしれない。

一日に五回は屋上へ出て、煙草を吸い、空を見上げる。それが当面の僕の仕事だった。けれど、そんな素敵に静かな時間も長くは続かなかった。

屋上にいたとき、ペントハウスのドアが開き、男が二人出てきた。刈り上げた頭にメガネの中年。もう一人は、大きなレンズのカメラを持っていて、黒い顎鬚（あごひげ）、少しだけ若い。

「あ、あの……」メガネの男が近づいてきて僕に話しかけた。「クサナギさんですね？」

僕は煙を吐き、もう一方の手に持っていた灰皿に灰を落とす。その作業のあと、彼を見た。

「あなたは？」

「私、あの……、YA新聞社の者です。えっと、その、ちょっとだけ、是非おききしたいことがありまして……」

もう一人がレンズを僕に向けてシャッタを切ったけれど、その瞬間に僕は手を挙げて、自分の顔を隠した。空中戦に比べたら、簡単な反応だ。

「きくのは自由ですけれど、写真を勝手に撮るのは、正しいやり方でしょうか?」僕は落ち着いて言う。

「あ、どうも、その、失礼しました。いえいえ、けしてその、そういうことではなくて……。私はですね、クサナギさんのファンなんです。いえ、ですからその、全国のクサナギさんのファンにですね、是非ともひとつ、どんなものでもけっこうですから、コメントをいただきたいのです」

「コメント? 何の?」

「写真は駄目ですか?」若い方がぶっきらぼうにきいた。

「ちょっと待ってろ」メガネが振り向いて言葉を飛ばす。

「できたら、正式に社の広報部を通していただけませんか?」

「それじゃあ、あの、駄目なんですよ。そんな作りものじゃあ、誰も納得しません。クサナギさんの生の声をですね、是非いただきたい。そうじゃないと駄目なんです。それに、それが本当に生の声だと、ファンの人たちを納得させるためにはですね、是非とも、写真が必要なんです」

「さっき撮ったのでは駄目ですか？　撮られたくないっていう感じが出ていたんじゃないかな」

「あの、怪我は、もう大丈夫なんですか？　首ですよね。どのくらいで復帰できそうですか？」

「さあ……」

　ペントハウスのドアが勢い良く開き、甲斐がそこに立っていた。二人の男たちはそちらを振り返る。

　彼女はメガネを指で直してから、姿勢の良いモデルのような歩き方で、こちらへ真っ直ぐに歩いてきた。

「申し訳ありませんけれど、のちほど、午後三時より、下の会議室で記者会見を行いますので」軟らかい口調で甲斐は話した。そして、人工的な笑みを最後につけ加える。

「いや、是非、そのまえにですね、なにか……」メガネの男が僕の顔を恨めしそうに見た。

「本名を書かないように。規則をお守り下さいね」甲斐は言う。

　そういえば、記者たちは僕の本名を知っていた。もう、知れ渡っているのだろうか。世間で自分がどう認識されているかなんて、僕は考えたことがなかった。何故なら、どう認識されたところで、僕には関係ないからだ。空へ上がってしまえば、すべてが無関係だ。

甲斐の静かな剣幕に押されて、最後は、メガネの男が名刺だけを彼女に手渡してから、引き上げていった。ペントハウスのドアが音を立てて閉まったあと、甲斐は煙草に火をつけ、僕を横目で一瞥(いちべつ)して微笑んだ。今度の笑顔は、作りものではない。本当に愉快そうだった。

「記者会見って、何ですか？」僕は尋ねる。

「ああ、そうそう、君は、同席するだけで良い。しゃべる必要はありません。すべて、情報部の報道員が話します。ただ、そうね、写真を撮られることになるでしょうから、制服を着て、ちゃんと綺麗にしていてね」

「制服には血がついてます。綺麗ではありません」

「服の話じゃないわ」

「え？」

「君」

僕は首を捻(ひね)る。

「化粧をしたことはないの？」

「は？」

「わかった」甲斐は眼をぐるりと回してから、溜息をつき、腕時計を見た。「私がなんとかする。制服は、もちろん新しいのを用意します。勲章付きでね」

「勲章って？」

「うん、まあ、見ればわかる。小さなものよ。アクセサリィだと思って、我慢して付けていれば良い。ええ、なにも心配することはないわ」

「特に心配はしていませんけれど。その……」僕は一度眼を瞑って、考えをまとめた。「自分がどうなっているのか、把握できていないことは、良い状況とは思えません」

「私だって、自分の状況を把握できているなんて、とても思えないけどな。誰だって、そうじゃない？」

はぐらかしではあったけれど、彼女の優しい表情が少し救いだった。僕はだから頷いて、それから、口もとを少し緩める。気持ちを切り換えた。

「飛行機に乗れるのだったら、文句は言いません」僕は自分の口から出た台詞に驚いた。きっと本心が頭脳をパスして、声を発したのだろう。なかなかやり手の本心だ。

「そう、その話で来たの」甲斐は煙草を吸うために、そこで一旦言葉を切った。細く煙を吐き出し、機嫌の良い口の形を瞬時に作った。「近いうちに、飛んでもらうことになるわ」

「いつですか？」

「そうね、三日後か四日後」

「基地へ帰れるのですね？」

「いいえ、そうじゃなくて、別の任務です」

僕は彼女の顔をじっと見た。

「大丈夫、悪い話ではありません」甲斐は眼を細める。小学校の先生がこんな顔をよくしたな、と僕は思い出した。

2

甲斐が化粧をしてくれている間、僕は鏡の自分を見るのが辛かったから、だいたい目を瞑っていた。すると、最初は白い雲の中。そして、だんだんそれが薄くなって、一瞬で明るくなる。雲の上の輝く空気。そこまで抵抗もなく上っていけることを発見した。一度目を開けて、また瞑ってその急上昇を見る。何度も繰り返し見た。繰り返す理由の一つは、あまりの素晴らしさに思わず目を開いてしまうからだ。そして、目の前にある自分の顔を見て、慌ててまた目を閉じる。ずっと瞑っていれば良いのに、すぐに忘れてしまうのが可笑しい。これで、機嫌は良くなった。病院へ来てから、一番落ち着いたかもしれない。

「嬉しそうね」甲斐が言った。「いいわよ、そう……。そうやって笑っている方がチャーミング」

「笑っていますか?」僕は尋ねた。目を開けて、鏡の中の自分を確かめたけれど、それはいつものしかめ面に見えた。

「うん、そう、比較的、という意味だけれど」甲斐はそう言うとくすくすと笑った。何がそんなに可笑しいのだろう。

緑色の制服を着せられ、ブーツも新しいものが用意されていた。勲章という名のブローチも胸に飾った。帽子を被り、もう一度鏡の前に立たされた。変な格好だ。行進でもするつもりか草薙水素。こんな格好で飛行機に乗ったら、不自由でしかたがない。階段を下りるときなんか、臑の筋肉が攣りそうだった。

会議室には大勢が集まっていて、入りきらない人たちが廊下にまで溢れていた。その人混みの中へ、甲斐は入っていく。すぐ後ろを僕は歩いた。フラッシュが眩しいから下を向く。サングラスをかけてくれば良かったと後悔したくらいだった。

壁際にテーブルが二つ並べられていた。既に、制服の男が二人座っていて、甲斐が彼らに敬礼をしたので、僕もそれに従った。一人は、見たことのある顔だった。そう、演習のとき空母へやってきた男だ。もう一人は、初めて見る顔。どちらも上司であることは確かそうだ。

テーブルの椅子に着くとき、甲斐は僕の耳もとで囁いた。

「大丈夫。黙っていれば良い。なにか言いたいことは?」

「ありません」

目を瞑るわけにはいかない。全員がこちらを向いて座っている。一番後ろは椅子がなくて立っていた。カメラを構えている者は、両側の壁際に陣取っていた。男性が七割。男は黒っぽい。女は茶色か灰色のスーツだ。世間はそういう流行だろうか。アロハシャツやツナギの奴は一人もいない。顔がオイルで汚れている奴もいない。煙草を吸っている奴さえいなかった。病院だから、当然かもしれないけれど。

しばらく、フラッシュとシャッタの音が続く。バッテリィが切れるまで続けるつもりか、と僕は心配になった。

甲斐の隣の男が挨拶をした。最初は、お礼、感謝、そういったもの。続いて、僕の紹介をした。我が社のトップ・エースという表現だった。

「もうご存じのこととは思いますが、中尉は、現在さきの戦闘で受けた怪我のため、こちらの病院で治療を受けております。皆さんが、どこかから入手された情報を否定するつもりはありません。今回、彼女をこうして公の場に連れ出したのは、憶測やあるいは故意によるデマによって、彼女の名誉が傷つけられる恐れがあることを危惧しただけのことです。ポスタなどに登場する中尉は、実は空を飛んでいない、というデマもその一つです。こちらの……」男は、僕の方へ片手を差し出し、僕を一瞥した。「中尉をご覧いただければ、ご理解いただけるかと」

僕は表情を変えずに、姿勢良く動かないように気をつけていた。思いのほか体力が必要だった。子供のとき、学校でこんな訓練をした覚えがある。強盗にピストルを突きつけられたときのための訓練だと思って、当時は耐えた。今は、強盗の状況よりは多少リラックスしてできる。それだけ大人になったということだ。

もう一人の男が話を引き継ぎ、最近の我が社の業績について数字を幾つか挙げた。そのあと、僕が撃墜した飛行機を、機種別に、時期に分けて機数を報告した。その数字は正しい。つまり、僕の認識と一致していた。僕は口もとを少しだけ緩めた。数が合っていたからだ。でも、そこでフラッシュが沢山光った。笑っている顔を撮りたいらしい。それで、また機嫌が元に戻ってしまった。

最後に、このまえの戦闘について語られた。敵のトップ・エースだった男はリバーと呼ばれた。ジョーカではなく、それが正式なコードネームなのか、それとも、こちらが勝手につけたニックネームなのか、それはわからない。

僕には、あの程度の乗り手がトップだとは信じられなかった。たとえば、黒猫をマーキングしたあいつがいるだろう。話を聞きながら、僕は彼のことを考えていた。まだ一度しか遭遇していない。しかもそのときは戦えなかった。今度会ったときは、命をかけて挑むつもりだ。それを考えただけで、わくわくする。

話が終わって、質問を受けることになった。

「あの、そこにいらっしゃる方が、本当にクサナギ中尉でしょうか？」これが最初の質問だった。一同から声が漏れ、みんなが笑みを浮かべた。僕も可笑しかったけれど、黙っていた。

たしかに、僕が本ものだという証拠なんてない。それを証明するためには、ここに散香と、そして滑走路が必要だ。

「念のために申し上げますが、本名を報道しないようにお願いします」甲斐が事務的に答えた。

「失礼しました。つまらないジョークを受け流していただいて感謝します」その記者が頭を下げ、続けて発言をする。「あまりに麗しいので、その、とても戦闘機を操縦されるような印象ではなかったものですから……。あの、お怪我の方は、いかがでしょうか？」

「大したことはありません」甲斐が即答した。そうか、彼女が答えてくれるシステムなのか、と僕はほっとする。目立たないように長くゆっくりと溜息をついた。

「過去に、戦闘で怪我をされたことはありますか？」

「ありません」甲斐が答える。そのとおりだ。

「つまり、今回の相手は、それほど手強かった、ということですね？」

「空中戦には数々の不可抗力が加わります」甲斐が淡々と話す。「今回の戦闘では、中尉の僚機が失われています。さきほどの説明にあったように、相手は五機でした」

「しかし、やはり、手強かったのではありませんか？」質問した記者はじっと僕を見据えた。

隣の甲斐が僕の顔を見る。僕は小さく頷く。

「ということです」甲斐はそう答えた。また、みんなの顔が笑顔になる。「別の質問を」

手を挙げていた女性の記者が指名され、彼女はマイクを持って立ち上がった。

「まず、こうしてお目にかかれたことに感謝をいたします。おききしたいのは、二点です。どんなときが一番嬉しいか、そして、どんなときが一番悲しいか。よろしくお願いします」

甲斐が僕を見る。僕は、彼女の耳もとに顔を近づけて囁いた。

「飛んでいるときと、飛べないとき」

それを聞いて、甲斐はくすっと笑った。

「大変明快な回答です。一番嬉しいときは、飛行機で飛んでいるとき、一番悲しいのは、それができないとき、だそうです。次の質問を」

べつに、直接僕が話しても良いのに、と少し思った。たぶん、僕が変なことを言うのを恐れているのだろう。

別の男が指名された。

「どうして、戦闘機なのですか?」彼が質問した。

それは、戦闘機しかないからだ、と僕は思った。今回は、甲斐は僕の顔を見なかった。

「戦闘機でなくても、同じかと思いますが……」甲斐は答える。「以前に中尉から聞いた話では、これほど自由に飛ぶことが、他の機体ではできない、という返答でした」

そんな話をしたことがあったかな、と僕は考える。しかし、そう思ったことはたしかにある。だから、返答としては、まったく異存はない。

このあと、基地の生活、会社の待遇、いつまでこの仕事を続けるのか、といった質問がなされ、甲斐が適当に答えてくれた。どれも、僕は返事を思い浮かべることができなかった。

「予定の時間が過ぎておりますので、最後の質問にさせていただきます」

手を挙げたのは、屋上で会った男だった。

「さきほどは、どうも」彼は僕にお辞儀をした。「是非、最後だけでも、ご本人からお返事をいただきたいのですが、いかがでしょうか？」

「そのお約束はしておりません」甲斐が答える。

「重々承知しております。私は、クサナギ中尉のファンです。私の記事を待っている人たちも同じです。今一番したいことは、とお尋ねすれば、おそらく飛行機に乗ることだとお答えになるかと思いますが、では、そのまえに何をしなければならないか、何をしたいか、という簡単な質問です」

甲斐が僕の方へ顔を寄せた。

「答えます」僕は彼女に言った。

「何と?」

「トレーニング」

甲斐は僕の目を二秒ほど見つめてから頷いた。許可が下りた、というわけだ。少しは信用されている、と良い方向に解釈しよう。

マイクが僕の前に置かれた。

「病院では、治療することが一番大切ですが、今は運動不足です」僕は冷静な口調で話すことができた。「飛行機に乗るために、トレーニングが必要だと思います」

「ありがとうございます」質問した記者が言った。「どのようなトレーニングをなさるのでしょうか?」

「主にランニングです」僕は答える。「躰を軽くしなければなりません。飛行機の負担にならないように」

記者は微笑み、お辞儀をしてから椅子に座った。

会見はこれで終了した。上司が二人さきに出ていき、それに続いて、甲斐と僕が一緒に部屋を出た。またフラッシュとシャッタの総攻撃だった。一フロア上の別の部屋へ甲斐に案内される。応接セットがあって、窓のカーテンが風で揺れていた。涼しい空気がここに集められている、といった感じの部屋だった。上司二人が向こう側の肘掛け椅子に腰掛け、甲斐がこちらのソファに座った。僕はまだ立っている。

「大変良かった」「お疲れさま」情報部の上司が言った。彼の方が若い。

「ありがとうございます」僕は応える。

「座りなさい」甲斐が言った。

僕はソファの彼女の隣に腰掛ける。

ドアがノックされ、若い女性がワゴンを押して入ってきた。何事かと思ったが、ただのお茶だった。テーブルの上にカップを並べ、そこへポットで紅茶を注ぎ入れた。どうして、入れてから持ってこなかったのか。紅茶なんて飲むのは何年ぶりだろう。僕は、その赤い液面をじっと見つめていた。

「失礼いたしました」お辞儀をして、女が出ていく。病院のスタッフではなさそうだ。こんなことのために、わざわざここへやってきたのだろうか。

「私たちは、君に期待している」情報部の彼が言った。「これまでのところ、君はその期待に応えてくれている。以前に一度、会ったことがあるね?」

「はい、もちろん覚えております」僕は頷く。

「あのとき、君は、私が期待している人材のうちの一人だった。しかし今は、君一人になった。絞られた、ということだ」

僕は黙って頷く。しかし、彼が何を言おうとしているのか、よく理解できなかった。

「もちろん、問題はこれからだ。今までは、ただ操縦桿を握って、相手を撃ち墜とすこと

だけを考えていれば良かった。だが、これからは、もう少し違うものにも、気を遣っても
らわなければならない。その必要があるだろう」
「質問してもよろしいでしょうか？」僕はきいた。彼が頷くのを確認してから続ける。
「どんなことをするのですか？」
「君が、なによりも飛ぶことを強く望んでいるのはよく理解している。しかし我々にとっ
て、君は逸材なのだ。滅多にない才能だと評価している。だから、危険な任務に就かせる
ことを、できれば避けたい」
「危険な任務？」僕は首を捻る。
男が頷く。
沈黙。
危険な任務と危険でない任務を、僕は想像しようとした。
それが想像できたら、比較が可能だ。
もう一人の男は、まったくの無表情だった。ゆったりとした仕草で紅茶を飲んでいる。
話には加わらないつもりらしい。
僕は隣の甲斐を見た。彼女は、ほんの僅かに微笑んで僕に頷き返した。まるで母親みた
いに。こんな優しい母親は僕にはいないけれど、なんとなく、こういう雰囲気こそが母親
だと僕がイメージしているそのものだった。大丈夫だから安心しなさい、という意味の表

情だ。たしかに、今の僕には、彼女しか頼りになる人間はいない。飛行機以外においては、という限定つきだけれど。飛行機に関しては、笹倉以外に頼りになる人間はいない。でも、それもこれも、すべて地上での話。空に一度上がれば、もう頼りになるものはなにもない。そもそも頼る暇がない。

「空を飛ぶことは、地上にいるよりも、危険でしょうか?」僕は根本的な疑問をぶつけた。

「危険だ」彼は答える。両手を顔の前で合わせ、親指を顎に、人差し指を眉間につける。その手の両側の目が、僕を冷たく捉えていた。

「自分にとっては、地上の方がむしろ危険です」

「何故だね?」

「精神が不安定になります。ずっと不安定でした、飛行機に乗るまでは。今はとにかく、飛べることで、自分は救われているのです。どうかお願いします。なにもいりません。どんな命令にも従います。だから、どうか……、戦闘任務だけは自分から取り上げないで下さい」

「それは、偵察任務では不満だ、ということかね?」

「そうです」僕は頷く。

「わかった」彼は頷き、紅茶のカップを手に取った。僕は彼の口から出る言葉を待っていた。紅茶を一口飲み、一瞬、彼は甲斐を見た。それから、カップをテーブルに戻す。「よくわかった。また近いうちに会おう」

彼は立ち上がった。もう一人の男も遅れて立ち上がる。僕と甲斐も起立して、二人の上司が部屋から出ていくのを見送った。

ドアが閉まる。遠ざかる足音。

ソファに腰掛けて、甲斐が溜息をついた。

「まずかったですか?」僕は立ったままで、小声で尋ねる。

甲斐はバッグから煙草を取り出し、口にくわえて火をつけると、僕を見上げた。

「飲んだら」彼女は煙草でテーブルを示す。紅茶のことらしい。それから脚を組む。いつもの格好だった。

僕は腰掛け、紅茶のカップに手を伸ばす。それを一口飲んだ。少し苦かった。本ものの紅茶かもしれない。どんなものでも、本ものは少し苦いって、笹倉が話していたっけ。

3

翌日には、その病院を出て、別の場所へ移動した。

まず、基地へ戻った。ところが、会えたのは合田だけ。すぐに支度をしろと指示されたからだ。病院で読んでしまった本を置き、かわりに着るものを幾つかバッグに詰め込んだ。

それだけだった。

　滑走路への側道を甲斐と二人で歩いた。既に僕の散香は格納庫から引き出されていて、燃料も満タンだった。笹倉の姿を探したけれど見当たらない。もう一機は、緑色の泉流で、こちらにはパイロットが既にコクピットに乗って待っていた。飛んできたばかりの様子で、燃料補給だけをしたのだろう。甲斐が泉流に乗り込む。タンデムの前の席だ。彼女が飛行機に乗るところを見るのはこれが初めてだった。

　僕は久しぶりに散香のコクピットに入った。操縦桿とスロットルを握って確かめ、ラダーのペダルを左右に踏んだ。嬉しさが躰中を暖かくしてくれる。このところ流れていなかった半分の血が、ようやく流れだしたみたいだった。ようするに、今までは半分死んでいたってことだ。

　約一時間、北へ飛ぶ、とだけ教えられた。泉流について飛べば良い。天候は良好。空は輝かしい。見上げるときに、首の包帯をそっと触ってみた。怪我はまったく気にならない。マフラをしていると思えば良い。

　メイン滑走路までタキシングしていき、最初に泉流が飛び立った。すぐにゴーサインが出る。僕は左手でスロットルを押し上げ、トルクを見越して徐々にラダーを当てた。心地良くエンジンは噴き上がり、後方でプロペラの風切り音が高くなる。キャブレタがフルートみたいに鳴った。加速度でシートに押しつけられ、ああ、これが堪らないのだ、と思い出した。操縦桿を優しく引き、機首を持ち上げる。そして、目の前に描いたハイウェイを上っていくのだ。

地上から離れると、耳障りだったタイヤの音も、ごつごつとした振動も消えて、すっと静寂の中へ機体は入っていく。

スカイブルー。

なんという美しい色。

ハーモニィ。

なんという気持ちの良い音。

左右へ傾けて地上を見る。汚い地面から離れていく。離れるほど、まあまあ見られるようになる。集落や畑や森林のパターンがパッチワークのようになる。だけど、地上で一番美しいのは、池や川の水面に映った空。地上に落ちた慈悲のスカイブルー。

泉流に一度追いつき、横についてキャノピィを覗く。ヘルメットをした甲斐がこちらを見て微笑んでいた。微笑んでいることが、僕に見えると知っているだろうか。僕の視力のデータを、当然彼女は持っているだろうけれど、そのデータなんかよりも、ずっと僕の視力は良い。

検査のときに、いつも途中で、もう見えませんって言うことにしているからだ。能力をすべて人に教えるなんて、そんなぎりぎりのことはしたくない。それを学んだのも学校だった。そう、周囲のみんなは、自分の能力をより大きく見せようとやっきになっていた。いつも背伸びをして、こんなに自分は凄いのだ、とアピールしようとする。先生に認められて、良い内申を取りたかったのだろう。それはつまり、周囲のみんなが味方だと信じている証拠だ。僕は、幸いにもそんなお人好しではなかった。周囲の連中には、わざと手抜きをして、無能な自分を見せることにしていた。そうでなければ、いざというときに困るだろう。違うか？

たぶん、最初から、僕はそういう戦闘的な人格だったのだろう。これは生まれながらのものだ。それだからこそ、周囲にいる人間誰もが敵に見えたのかもしれない。そう、母親でさえ。しかたがない、そういう属性なのだから。

味方なんていらない。

一人になっても、戦える。

仲間なんか欲しくない。

仲間が欲しい奴らは、いつも周りを気にして、他人の顔色を窺って、一緒に笑ったり、慌てて怒ったり、無理をして泣いたり、他人と同調することに必死だ。そんな沢山の姿を学校という場所で僕は見てきた。

あれは酷い場所だった。

それに比べて、

　ここには、そんな連中は一人もいない。

　一人で戦える奴だけが、空に上がってくる。

　躰に感じる加速度が、重くなり軽くなり、内臓まで動かそうとする。気持ちが良い。右にロールをする。一回転。今度は、左へ、二回転。回っている間。空と地面の入れ替わりを見上げて楽しむ。太陽も僕の周りを回っている。全部だ。回って、ぴたりと止める。止めるときの当て舵も、ちゃんと僕の右手が覚えていた。

「ブーメラン、何のつもりだ?」無線から声が聞こえた。甲斐ではない。操縦している男だ。甲斐からの伝言だろう。

「エルロンのテストです」僕は答える。

　本当は、エルロンを切る僕の腕の感覚のテストだった。飛行機のリンケージよりも、僕の頭から手先までの神経の方がずっと不確実なのだから、テストをするならば、ここが一番ではないだろうか。整備士だって、ここだけは診てくれない。

　可笑しくなって、僕は笑った。久しぶりに声を出して。くすくすと笑う。途中でマイクのスイッチを確認した。大丈夫、ちゃんとオフになっている。

　しばらく飛ぶと、厚い雲が近づいてきた。その上をまたしばらく進む。泉流は僕の前方のやや下にいる。見渡すかぎり、ほかに誰も飛んでいない。この地域は、ほとんど飛行機が飛ばないようだ。西のずっと遠くに高い山々が見えた。

リズミカルなエンジン音で躰がスウィングしている錯覚がときどき。もちろん、沢山のことを考えた。このまえのフライトのことも。病院の少年のことも。そして、記者会見のことも。そのあとの上司の話も。けれど、全部、プロペラが切り刻んでバラバラにしてくれた。考える端から切り刻まれて、紙吹雪のようにきらきらと飛んでいく。あっという間に、後ろへ消えていった。そして、前方には相変わらずなにもない。空があって、そこに、僕だけの道が見えて、丁寧に、撫でるように、その絨毯の上を滑っていくだけ。

泉流が方角を修正した。僕もそれに従う。やや東寄りの進路。そして、高度を下げ始める。時計を見た。そろそろだろうか。燃料はまだ半分以上残っている。

雲の中へ降りていった。思ったほど厚いクッションでもなかった。雲の下の天候もまあまあだ。すぐに滑走路が見えてくる。そこは見覚えのある風景だった。

「なんだ、ここか」僕は呟く。

以前に、電車で来たことがある基地だ。新鋭機のテスト飛行をやらされた。そのときの僕はとても体調が悪くて、少々無茶な飛び方をした。そんなことが思い出された。あのときはティーチャが一緒だった。

ティーチャ?

誰だ?

僕はまたくすっと笑う。

誰だっていい。

そうそう、もうそんなの昔のことだ。

泉流がさきに降りた。上空で大きく旋回して、それを眺めていた。着陸許可を待って、僕もランディングのコースへ向かう。

風もない。沈殿したような空気。着陸の寸前でギアを下ろし、がなり立てる風切り音を確認してから、滑走路へ進入。着地。弾まずに綺麗に降りた。管制塔を横に眺めながら減速。格納庫が幾つかあったけれど、すべてシャッタを下ろしていた。飛行機の姿は一機も見当たらない。

カモみたいにタキシングして泉流についていく。格納庫の前で数人が待っていた。自動車も二台。作業員が旗で誘導してくれて、飛行機を停めた。イグニッションを切る。泉流からは、既に甲斐が降りるところだった。僕はキャノピィを持ち上げ、外の湿って冷たい空気を吸った。

主翼の上に出てから、シートの後ろからバッグを引っ張り出す。それを肩に掛けて、もう一度周囲を見回した。そこから飛び降り、地面に立つ。ヘルメットを外した。甲斐がキリンみたいな足取りで近づいてくる。

「今日は、食事をして、ゆっくり休んで」彼女は微笑む。

「何をするのですか？　まだ教えてもらえませんか？」僕は尋ねた。

「食べたいものがある？　もし良ければ、一緒にどう？」

「特に食べたいものはありませんが、お食事を共にすることは、是非」

「部屋へは、彼が案内してくれる」近づいてきた若い制服の男を甲斐は片手で示す。彼は立ち止まり敬礼をした。「一時間後に迎えにいくわ」

「了解」

車が二台駐めてあるところへ歩いた。甲斐が片方の車のドアを開けて乗り込む。

「どうぞ、中尉、こちらへ」若者が僕を案内して、もう一台の車に乗るよう、ドアまで開けてくれた。

「どうもありがとう」礼を言ってから、バッグをさきに投げ入れ、車に僕は乗り込んだ。タクシーだって、こんなに親切じゃない。気持ちが悪いくらいだ。

その彼が運転席に乗り込んで、エンジンをかけた。車はすぐに走りだす。ごつごつと揺れながら、格納庫の間の道を入っていった。一番大きなビルのすぐ隣の三階建ての学校のような白い建物、その正面へ車をつけると、すぐにドアから飛び出して、また僕の横のドアを開けてくれた。

「いいよ、車のドアくらい、自分で開けられるから」僕はそう言いながら降りた。こういうとき、適当な笑顔が作れたら良いのだけれど、僕が言うと、単なる不満に聞こえるかもしれない。

「お持ちしましょうか?」彼が言った。バッグのことらしい。

「大丈夫。軽い」

「こちらです」

玄関から入り、すぐに階段を上った。二階、そして三階。しんと静まりかえっている。人影はまったく見当たらない。三階の階段から三つめのドアの前に彼は立った。ポケットから鍵を取り出して、ドアを開ける。その鍵を受け取って、僕はさきに部屋の中へ入った。

窓が正面に。右にベッド。入口の付近にバスルーム。ホテルよりはずっと簡易な宿泊室だ。でも、この方が僕は好きだ。

「なにか、必要なものがありますでしょうか?」戸口にまだ立っていた彼が言った。

「なにも」首をふる。「どうもありがとう」

「数日の間ですが、よろしくお願いいたします」

「数日?」僕は首を傾げる。「何があるの?」

「講習会が予定されています」

「へえ……、聞いていないけれど」

「中尉は、講師をされるのだと思います」

「名前は?」

「はい、ヒガサワといいます」彼は敬礼をした。

「ヒガサワ?」僕は目を細める。

じっと彼の顔を見た。丸い顔で、目も丸い。人形劇に出てきそうな顔だった。

「ヒガサワ・ムイの弟です」彼は答える。顔をやや紅潮させ、どちらかというと嬉しそうな表情を浮かばせつつあった。

「そう……」僕は頷く。そして視線を彼から外す。「講習会の講師をする、と伝えるように命令された?」

「いいえ」

「では、聞かなかったことにする。余計なことはしゃべるな」

「はい、すみません」

「ありがとう。もういい」彼を見ないで僕は言った。

「失礼いたします」

ドアが閉まる音。僕はドアへ行き、チェーンをかけた。

それからベッドに戻って腰掛ける。靴を脱ぐ。時計を見る。まず、シャワーだろうか……。すぐに立ち上がって、上着を脱いだ。

4

シャワーを浴びているとき、比嘉澤無位(ヒガサワムイ)のことを少し思い出した。けれど、やはり一瞬のことで、水と一緒に僕の表面を流れていった。地上にあるものの中で、一番綺麗なものは水だ。水は空から落ちてくる。汚れたものを、全部洗い流してくれる。

甲斐が迎えにきたときには、髪もすっかり乾いていた。散髪をサボっていたせいで、今の僕の髪は少し長すぎる。どれくらいかというと、横は耳に届く程度。前は眉に届く程度。ときどき鬱陶しい。髪とか、爪とか、切らなければならないものが躰の一部としてあるなんてことが、とても不思議だ。

どこかへ出かけるのかと想像していたけれど、同じ建物の一階で、少し広い部屋だった。インテリアが上等で、大きなテーブルが中央に置かれていた。そこに今は椅子が二つしかない。詰めて並べれば、十人以上がテーブルにつけるだろう。ナプキンとグラスが並べられている。僕たちが座ると、目を瞑ったような顔の老人が現れて、飲みものを尋ねた。甲斐はワインの赤、と答える。僕は「綺麗な水を」と頼んだ。

「炭酸入りですか？」老人が僕にきく。

「いいえ、ただの水」

　老人が引き下がる。

「何をするために、ここへ来たと思う？」甲斐が笑いを堪（こら）えるような表情で言った。

「試験飛行ですか？　いえ、想像もつきません」

「さっきの彼に、なにかきかなかった？」

「名前を尋ねました」

「そう、ヒガサワ」甲斐は頷く。「私は、クサナギ中尉に任務は講習会の講師だと教えるよう、彼に指示をしました。そしてもう一つ、クサナギから、それを言うように命令されたのか、ときかれたときは、いいえと答えるようにと」

「自分を試したのですね？」僕は無表情で言った。

「ええ」甲斐は簡単に頷く。

「合格ですか？」

「あなたは正直だわ。そして、頭が切れる。申し分ない。もちろん、合格です」

　老人がトレィを持って現れる。甲斐のグラスに赤い液体を、僕のグラスに透明の液体を注いだ。泡が忙しく動く様子に僕は見入った。

　グラスをお互いに寄せ合ってから、口へ運ぶ。水を二口。喉を通り過ぎる冷たい感覚。

「想像ですが、お話ししてもよろしいですか？」僕はきいた。

「ええ、なんでも」

「ヒガサワは、あなたに報告をした。余計なことを話して、それを注意されたと。そこで、あなたは彼を庇(かば)うために、今の話を思いついた。部下思いですね」

甲斐はワインをもう一度飲み、それから口もとを緩めた。そして、最後は首を小さく左右にふった。

「講師というのは、どんなことを?」僕は別の質問をする。「誰に対して話すのですか?」

「聴講生は全員、経験の少ないパイロットです」

「何人くらい?」

「十七名」

「そんな人数が、ここで遊んでいられる状況なのですか?」

「局地的、一時的にですけれど、休戦が成立しているの。これは極秘です」

老人がワゴンを押して現れ、テーブルに皿を二つずつ並べた。オードブルらしい。加工された魚、それから、もとは野菜だったもの。僕は一口食べてみた。とても酸っぱい。もう一度水を飲んだ。

「口に合わない?」甲斐が尋ねる。

「いいえ、とても美味しいです。でも、沢山は食べられません」

「パイロットに美食家はいない」彼女は微笑んだ。「私の知る限りでは例外はない。なにか理由が考えられる?」

「余分なウェイトを積みたくないのだと思います」

「なるほど」彼女は口を斜めにして笑った。「ヒガサワのことはどう思った?」まるで料理の一つのように、甲斐はその名前を口にする。

僕は一度だけ瞬きをしたと思う。しかし、目を逸らすことはなかった。

「弟と聞きましたが、しっかりしていますね」

「うん、それは、彼がキルドレではないから」甲斐は魚をフォークで口へ運ぶ。下がっていた視線が再びこちらへ戻った。「建設会社に勤めていたのだけれど、姉が亡くなったあと、我が社へ転職を希望してきた」

「情報部ですね?」

「ええ」

「どうして採用したのですか?」

「私が採用したわけではないわ。でも、理由は簡単。それだけの能力が彼にある、と認めたから」

「自分と会わせたのは何故ですか?」

「それも、私ではありません。彼が特に希望したのでしょう」

「不思議です。何故、そんな希望を?」

「さあ……」甲斐は無表情だった。「でも、わからないでもないわね。姉の最期を見届けた人間に会って、少しでもそのときの話が聞けたら、と考える、そういうのって、普通の感情ではないかしら？」

「最期がどうであったかは、ちゃんと報告をしました。その報告は、遺族には行かないのですか？」

「すべてというわけには」

「そうですか」僕は頷いた。テーブルの上の皿を見る。魚の死骸が動かない。「では、もし彼から、それを尋ねられた場合、自分はどこまで説明しても良いでしょうか？」

「特に規律はありません。自己判断で」

「わかりました」

「なにか、話したいことがあるの？」

「いえ、ありません」僕は首をふった。

　話したいことなんて、いつも、どんな場合だって、ない。話したくないことが多すぎて、その下に埋もれてしまっているのだろう。

　テーブルにスープが運ばれてきた。温かくて白いスープだった。底になにかが沈んでいたけれど、できるだけ上澄みだけを掬って飲んだ。複雑な味だと思った。複雑だからこそ、こんなに濁っているのだ。

「ティーチャのことは知っている？」甲斐が突然尋ねた。

ティーチャはコードネームだ。その名前に僕の躰は反応する。けれど、表面にはそれが出ないようになんとか押しとどめた。躰を堅く緊張させて、何一つ動かないように努力した。大丈夫だという確認のあと、呼吸をする。ゆっくりと。気づかれないように。

「ティーチャの何をですか？」

「今、どうしているか」

「いいえ、知りません。どうしているのですか？」

「確認はできていませんけれど、やはりまた、戦闘機に乗っているらしい」

「どこで？」

「さあ、それはわからない」

「彼ならば、どこでも勤められる」

「あなたは、彼から、何を学んだ？」甲斐はスプーンをテーブルに置いてから、ナプキンを手に取った。

僕は既にスープを諦めていた。質問を受け止め、視線をテーブルの上から、横へ、壁から次は天井へ、ゆっくりとムカデみたいに移動させた。

「わかりません」僕は答える。「でも、学んだことは確かです。彼に会っていなかったら、今の自分はないと思います」

「あなたが来たから、彼は出ていったのではない？」

　甲斐のその言葉は、僕には予想もしないものだったので、視線を彼女の目へ戻し、数秒間見つめてしまった。でも、すぐに冷静さを取り戻して、また視線をほかへ逸らす。

「いえ、そんなことは……」僕は言葉を濁した。数々の意味、数々の価値、そして数々のシーンが、頭の中でフラッシュする。機関銃のように一定のインターバルで。

「個人的なことで、ここだけの話でも良いのよ。私に話したからといって、解決の糸口が見つけられるとも思えないけれど、なにを話してくれても、うん、とにかく聞くことはできます」

「ありがとうございます」僕は応えた。その返答はおそらく速すぎただろう。すぐに後悔した。「大丈夫です。今のところ、自分で解決できない問題は抱えていません」

　甲斐は部屋の奥を振り返って見た。次の料理はまだなのか、という素振りにも見えた。彼女はバッグから煙草を取り出して、細いライタで火をつけた。

「吸う?」

「いえ、けっこうです」

「ときどきね、クサナギ、あなたのことが本当に羨ましいって思うの」甲斐は煙を吐いて言った。その香りが僕のところまで届く。

　僕は黙って待った。甲斐もしばらく黙っていた。言葉をまとめているのだろうか。それとも煙草に集中しているのだろうか。

僕は、人を羨ましいと思ったことはない。それから、人に羨ましがられたいと思ったこともない。そもそも、羨ましいという感覚が正確に理解できない、といった方が近いだろう。他人がとても幸せだったり、とても立派だったり、とても優れていたり、そういうことを観察しても、自分と比較する方向へ思考が進まない。比較をしたって意味がない。なにしろ、それは乗っている機体が違うのと同じなのだ。空へ上がってしまったら、乗り換えることはできない。一度生まれてしまったら、人間だって乗り換えることはできないのだから。

「こういうことは、一度も他人に話したことはないのだけれど……」煙草を指に持って、甲斐は話を始める。「あなたたちの分野では、実力さえあれば、いつかはのし上がっていける。本当に純粋に、力だけが頼りの世界だよね。それが、羨ましいの」

つまり、そうではない、能力だけではない分野に彼女はいる、という意味らしい。

「どんなに能力があっても、なかなか認めてはもらえない。どうしても、別の要素が絡んでくるわけ」

「たとえば、ほかにどんなものが関係するのでしょうか?」僕は尋ねた。

「たとえば、そうね。古いと言われるかもしれないけれど、やっぱり女性だということは、ハンディね」

「そうですか? 逆に、それがメリットになることもあるのでは?」

「まあ、そうね。均等にしようという流れに上手く乗れれば、そう……。クサナギなんかは、たしかにそれだよね、でも、結局、そういうのではなくて、なんというのかな、個人的な人間関係があって、嫌な思いもしなければならないようになっているの。もう、この歳になったから、こうして笑って話せるけれど、本当、どれだけ悔しい思いを重ねたことか……。今に見てろ、見返してやるからなっていう気持ちだけで、ここまでやってこられたような気がするわ」

「誰に対して？」僕はきいた。

「そう、良い質問だわ」甲斐は微笑み、何度も頷いた。「誰に対してだろうね。たぶん、私の周囲にいる、私が嫌いな全員。そいつらにだけは負けたくない、そう思うわけ。会社では、にこにこ仲の良い振りをして、一緒に食事をしたり、飲みにいったり、でも、絶対に心の底では信用なんかしていない。いつでも、チャンスがあればばって狙っている。裏切って、踏み台にして、利用して、蹴落として、自分がそいつよりも上に行けることを夢見ている。たとえ、そいつが私のことを良く思っていたとしてもね」

僕は首を傾げた。内容を理解するのに時間がかかりそうだ。

「ない？　そういうことって」甲斐は微笑んだ。「たとえばの話。愛し合っている間柄だって、仕事は別。裏切ることだって簡単」

僕は左右に一度、首をふった。

「まあ、これが、大人の汚い世界ってことかしら」煙草を灰皿に押しつけながら甲斐は言った。鼻から息を漏らし、笑っている顔を硬直させた。

老人がメインディッシュをのせたワゴンを押してくる。ここは、汚い大人の世界だろうか、と僕は考えた。

5

翌日の午前中にまた飛ぶことになった。

僕の散香が一機だけ滑走路から上がった。コクピットに小さなカメラが取り付けられ、その映像を無線で地上へ送る。それから、飛行機の無線ではなく、ずっと高い周波数のトランシーバを積み込み、やはり地上と話をしながら飛んだ。カメラの方はものを言わないから気にならなかったけれど、この話をしながら、というのは、僕にはとても煩わしく感じられた。たとえば、人と話をしながら、計算ができる奴がいるだろうか？ そういう問題だと思うのだ。

自由に飛んで良い、と言われて、とにかくまず高く上がった。そのあとは、トレーニングのつもりで、いろいろ舵を切った。こういうのって、考えてみたら、最初の頃の訓練でしか経験していない。実務に就いてからは、一度も上空でトレーニングをしたことはなかった。きっと、燃料代がもったいないからだろう。技は実戦で磨かれる、という方針なのかもしれない。磨かれるのは、たしかにそのとおりで、どの刀もどんどん磨かれるだろう。磨かれない刀が折れて墜ちていく。ほかの刀を折れば、こちらは磨かれる。それだけのことだ。

いつもと違うのは、ゆったりシートに座って、前を向いて操縦している点だった。だから、ときどきカメラを見てしまう。そこから誰が見ているのかって想像してしまう。甲斐や比嘉澤の顔が思い浮かんだ。僕は笑わないように注意した。この程度のことで笑うことはないのだけれど。

天候が良くて、周囲の景色も遠くまで見えた。

どこまでも山が続いている。

どこかに鏡があって、映っているのかもしれない。

海はどこにも見えない。内陸ってことだ。

ここまでは敵も攻めてこられない、という地の利が、つまりここの存在理由なのだろう。

通常の曲技をひととおり披露したところで、降りるようにと指示が出た。最後に滑走路の上をロー・パスする。どんな曲技よりも、ロー・パスが一番難度が高い。地面が近くにあるということが、飛行機が最も恐れる危険な条件なのだ。

低空でインメルマン・ターン。そのまま、フル・フラップとエア・ブレーキを使って、滑走路に滑り込んだ。

格納庫の前で機体を離れ、迎えにきた比嘉澤の自動車に乗り込んだ。

「素晴らしかったですね」運転しながら彼が言った。

「あんなのは、誰だってできる」僕は応える。

そのとおり。できない奴なんていない。飛んでいるのが自分だけならば、なんだって自由にできる。

僕にいったい何が教えられるだろう。いったいみんなは何を習いたいのか。

また、ティーチャを思い出す。

僕はティーチャに何を教えられただろう？

ティーチャに学びたいと思ったのは確かだ。

あのときの僕は、貪欲だった。

あんなに貪欲になったことはない。

いったい何を学びたかったのか？

何かはわからないけれど、

とにかく、

強くなりたかった。

綺麗に飛びたかった。

強いこととは、どんなことか。

綺麗に飛ぶとは、どんなことか。

それを知りたかった。

それを見たかった。

僕は、知っただろうか?

僕は、見ただろうか?

ビルの前で車は停まった。

比嘉澤について、その建物の中へ入る。僕が泊まってたビルの隣だ。こちらは五階建て。一番上に管制塔がある。

エレベータに乗り込む。鈍重な加速度が気持ち悪かった。飛んだあとだから、僕は少なからず酔っていただろう。

四階の通路を進み、部屋のドアへ近づく。既にそこは開いていた。僕たちが近づくと、拍手が起こった。

その拍手の中へ、僕は入っていく。

学校の教室みたいなところだった。

机が整列し、そこに制服の男女が席に着いている。

片側は窓。滑走路が見えた。

手前にはホワイトボード。その横に白いスクリーン。プロジェクタが天井にある。映像を映して見ていたのかもしれない。

教壇の前に、甲斐が立っていた。真っ黒な制服を着ている。

「クサナギ中尉、こちらへ」片手を差し出し、甲斐は僕に教壇の横の椅子に座るように促した。

僕がそこへ行くと、部屋の全員が一斉に立ち上がり、僕に向かって敬礼をした。僕も敬礼をする。そして、椅子に座った。どこを見ていれば良いのか迷う。そのあと、全員がまた席に着いた。

比嘉澤はドアを閉めてから、部屋の後ろの方の席へ行く。僕はしかたなく、みんなの顔を見回した。

人数は聞いていたとおり十七名。それに比嘉澤を加えて十八名。見たところ、女性と思われる者が三名含まれていた。

順番に見ていくうち、知った顔に出会って、一瞬だけ僕は視線を止めた。それは、病院にいた少年、函南(カンナミ)だった。頭の包帯は既にない。それもあって少し印象が違って見えた。もっと精悍で男らしい顔つきになっていた。

共通することは、全員が一様に若い、ということだろう。そして、瞳は大きく、僕を射るように見据えていた。鳥類の目に似ている。パイロットの目だ。

机の上には誰もなにものせていない。教科書やノートの必要がない講習会なのだ。いきなり、質問を受けた。

「どの舵に最も神経を集中させていますか？」

「わからない。神経を集中させているという感覚はない。でも、遅れたとき困るのは、スロットルかな」

「整備士に、どんな要求をされていますか？」

「特になにもしていない。その点では恵まれています」

「増槽や武装による重心移動に対しては、その都度トリムを？」

「気にしていない」

「フラップを多用する方ですか？」

「人と比較したことがないので、わかりません」

「撃つ瞬間はどこを見ていますか？」

「次の敵」

「相手としてやりにくい機種は？」

「機種の違いはあまり感じない。誰が乗っているか、の方が大きな差だと思う」

「インメルマンのときに、ラダーを当てていましたね、あれはどうしてですか？」

「必要なときは、いつだってどの舵だって当てる。狭い場所で躰を捩（ねじ）るのと同じこと」

「やはり、散香が一番優れているとお考えですか?」

「それはわからない。ただ、自分に合っているとは思う」

「機体の撃墜マークが、実際のものよりも少ないようですが……」この質問は、比嘉澤だった。「ご自分で納得されたものだけをマークされているのでしょうか?」

「いいえ」僕は首をふる。「ときどき、マークするのを忘れるだけです」

質問に答えながら、僕は、窓の近くに座っている函南をときどき見た。彼は手を挙げなかった。僕の方を見ているようで、見ていない。視線を合わせないようにしているみたいだった。

そのあとも、質問が続く。どれも極めて具体的な質問だった。この点では、病院の記者会見と大違いといえる。ぼんやりとした対象をどう考えているか、どう感じているか、という抽象的な質問はここでは一つも出ない。全員が、本当に自分のためになるものを得たい、と切実に考えているからだろう。

二十分ほどで、ようやく質問が出尽くした。

「なにか、つけ加えることは?」教壇の横で甲斐が僕に言った。

「みんなは、コクピットの様子をここで見ていたのですね?」僕は尋ねる。

「そうです」甲斐が答えた。

「それは、ほとんど参考になりません。普段は、あんなふうに優雅に飛んでいるわけでは全然ない。右を見て、後ろを見て、上を見て、左を見て、振り返って、風防に顔を押しつけて、必死になって相手を捜している。Gがかかれば、さらに自由がきかない。それでも、見なくてはいけない。そして、その合間に、ときどき考える」僕はそこで言葉を切った。何を考える？「つまり、相手も、必死になって見ているんだ。必死になって、考えているんだって、そう考える。同じだ。同じコクピットが、空にもう一つあって、向こうも必死になって、飛行機を操っている。どちらか一方だけしか残れない。どちらかは飛んではいられなくなる。だから必死だ。でも……、この際だから、どうせなら楽しもうって思う。力を抜いて、まず相手を好きになろうって思う。一緒に遊ぼうって思う。一緒に手をつないで踊ろうって……。ポールが立っている周りを回っていて、音楽が聞こえてきて、本当に躰の中から動きが浮かび出てくるような、踊りたくなるような、そういう感じになる。手をつなげば、相手の気持ちがわかって、相手の動きも自然に見えてくる。そう、そんな感じです。ごめんなさい。きっと、役には立たないでしょうね」

僕は黙った。

一度、自分の靴を見た。

それから、顔を上げて、こちらを見ている全員を見る。

比嘉澤と函南も。

みんなが僕に注目していた。

「どうか、立派に戦って下さい。綺麗に戦って下さい。誰のためでもありません。自分自身のために」

そう言った瞬間、僕の頭にはティーチャの顔が思い浮かんでいた。暗い部屋の中で、煙草を吸っている彼だ。

拍手が起こった。でも、ずいぶん遠くから聞こえるように感じられた。僕は恥ずかしかったので視線を逸らし、教壇の甲斐を見た。彼女も手を叩きながら微笑んでいた。

「では、二十分休憩にします」甲斐がみんなに言った。

パイロットたちは立ち上がり、僕のところへ来た。握手を求められた。しかたなく、僕は握手をした。何人としたのか数えていない。半分くらいだったと思う。函南は来なかった。最後が比嘉澤だった。

「ありがとうございます」比嘉澤は言った。目に涙を浮かべているのだ。いったいどうしたのだろう。

僕は、甲斐とともに部屋を出て、廊下を歩いた。

エレベータではなく、階段を下りる。

「あなたには、本当に感心する」甲斐が小声で囁いた。

「何がですか?」僕はきいた。

「持って生まれた才能かもね」

彼女が何を言っているか、よくわからなかった。人前であがらないことについてだろうか。

僕としては、フライトの直後でハイになっていて、だから少ししゃべりすぎた、という反省しかなかった。大勢に対して話をしたあとは、いつだって後味が悪い。

6

食事のあと、またシャワーを浴びた。さっぱりして、本を読みたかったけれど、読む本がない。部屋の中の空気は、煙草を吸うには少なすぎる。鍵を持って外に出て、どこかで適度な風を探そうと考えた。階段まで来て、上か下か迷う。上の方が他人に会う可能性が低いだろう。階段を上っていき、屋上へ出るドアを開けることができた。外は暗い。屋上の周囲は鋼鉄製の手摺り。近づいて触れると、錆びている感触がわかった。

煙草に火をつけて、真っ暗な滑走路を眺める。ところどころに最小限のライトが灯っているだけだった。空も高いところにだけ星が瞬いている。山と空の区別もつかない。

僕は比嘉澤のことを考えた。僕と一緒に飛んだことのある方、比嘉澤無位だ。立派なパイロットだった。彼女が墜ちていくところを今でもはっきり再生できる。彼女の散香は地面に当たって回転しながら弾んだ。次のシーンは、もう消火剤で真っ白になったあと。担架の上に寝かされている比嘉澤の躰だった。

煙草は静かに酸素と結合し、空中へ還っていく。思い出したところで、なにも起こらない。僕の心には、既になにも響かない。それなのに、どうしてときどきこうして思い出すのだろう。誰の意志が働いているのだろう？　少なくとも、死んだ人間の力ではないはず。

彼女の弟は、何故ここへ来たのだ？　それが人間の意志の粘性というものだろうか。空気だって粘性で纏いつく。水だって粘性で纏いつく。人間の心も、それと同じだろうか。比嘉澤の弟は、姉にどうしてもらいたかったのだろう。何を追いかけているのだろう。彼が纏いつこうとしているものは、いったい何だ？

纏いつくことで、きっと得られるものがあると信じているのだ。あるいは、そう信じたい。信じられることで安心したいのだ。

ああ、なんて、ねっとりとした気持ち。

べとべとしている。

地上は、ねっとりと濁っていて。

なにもかもが、ねばっこくて。

切り離されることを恐れているかのようで。

一人だけになることを避けようとして。

結果的には、もっともっと寂しいものを集めてしまう。

お墓が集まった墓地みたいに賑やかな寂しさ。
だけど、
それが悪いなんて思わない。
それが普通かもしれない。そんな気もする。
もちろん、可哀相でもないし、惨めでもない。
どちらだって良いこと。
僕は、ただ、
そんな場所にいたくないだけだ。
なにものにも触れたくない。
そう、触れたくない。
触れられたくない。
きっと、
だから、
浮かんでいたいのだ。
空気だけで充分。
空だけなら許せる。
そこだけが、僕の場所。

死ぬまで。

ずっと浮かんでいられたら良いのに。

でも、それは無理だ。

それに、どうも、違っている。

夜に考えることは、いつもそのときはとても正しくて、僕の言うとおり、疑う余地もないくらいなのに……、明日からこうしよう、こう修正していこうと思うのに……、結局は、朝起きて、顔を洗って、コーヒーを飲んで、誰か他人と話をして、昨日までの僕と、明日からの僕をちょっと比較して考えてしまうと、夜に考えたことが、子供じみた夢だと感じてしまう。

しかたがないじゃないか。こうしなければみんなに迷惑がかかる。人間として、僕は、僕の躰を生かさなければならないのだ。壊してしまうわけにいかない。徹底的に壊してしまったことが一度もないから、それがどれくらい恐ろしいことなのか、取返しがつかないことなのか、それもわからない。

子供の頃、誰からも褒められたことなんてなかった僕は、この頃、他人から褒められて、変な気持ちになる。当然だけれど、まったく嬉しくはない。褒められることに慣れていないからだと思う。それに、褒められることに価値を見出すことは、僕の根底を否定することに等しいように感じる。僕を褒められるのは、僕以外にない。褒められることのできない人間なのだ。

いつだったか一度だけ、母に褒められたことがあった。それは、家へやってきていた男に殴られたときだった。僕は床に倒れた。頬が熱かった。だけど、なにも言わずに僕は立ち上がって、男の前にもう一度立った。あれは、いくつだっただろう？　僕は泣きもせず、笑いもせず、黙って彼の前に立ったのだ。男はなにか毒づいてから、部屋を出ていってしまった。すると、母が笑いだした。僕は、母の方を見なかった。見てやるものかと思ったからだ。そのとき、彼女が言ったのだ。

「いい面構えだよ」

それが、母に褒められた唯一の言葉だ。僕は、そのあと、自分の部屋で鏡を見た。良い面構えかどうかを確認したのだ。頬が赤く腫れていた。目の横が少し緑色になっていた。涙は一滴も出ない。どちらかというと、僕は嬉しかったのだと思う。その緑色の内出血が、珍しかったし、綺麗な色だとさえ思った。それだから、これは良い思い出だ。どうして殴られたりしたのか、という部分は思い出せないけれど。

片手が頬に触れていた。

今は熱くない。冷たかった。

煙草が短くなっている。あまり味がしなかった。体調は悪くなかったものの、首を左へ捻ると、少し後ろの傷が痛んだ。ようやく僕の躰が、今頃になって自分の怪我だと認めたくなったのかもしれない。時間が経たないと、痛く感じないものって多い。つまりは、基本的に人間というやつは鈍いからだ。メータやセンサのようにはできていない、ということ。

ドアが開く音がする。

振り返ると、制服の男が出てきた。こちらへ来る。

僕の前まできて、彼は敬礼した。函南だ。

「やっぱり、こちらでしたね」

「どうして、ここへ?」僕は表情を変えずにきいた。「つまり、志願した? 治療はもういいわけ?」

「中尉は、傷はもう大丈夫ですか?」

「最初から、どうってことなかったから」僕は煙草を捨てて、踏み消した。「で、なにか思い出した? 任務は大丈夫?」

「思い出せませんが、パイロットとしての機能はすべて残っています」少年は言った。抑揚のない口調で、まるで人ごとのようだった。「任務は問題なく果たせる、と判断されました」

「うん、とにかく、元気そうで良かった」

「今日、飛行を見せていただきましたけれど、見ているとき、躰が引っ張られました」

「どういうこと?」

「さあ……、きっと、覚えているんだと思います。細胞の一つ一つが」

「まだ乗っていないわけだね?」

「まだです」

「欲求不満っていうんじゃないかな」

「あの、中尉。僕が見る夢の話を聞いてもらえないでしょうか?」

「え?」

函南は僕に一歩近づいた。

僕は彼を見上げる。間近に彼の顔があって、その口の形を見た。そこから出るものを見たかった。

「夢って、どんな?」

「よく見る夢なんです」

病院で見た自分の夢を瞬時に再生した。函南が出てきた夢だ。二人で飛んで、最後に彼が墜ちていく。僕の鼓動は少し速くなった。珍しい。こんなのは、ティーチャに会ったとき以来のこと。息を止めて、僕は自分をコントロールしようとした。

「僕は、ある女性を連れて逃げているんです」少年は空を見上げて、話を始めた。「そこは、空なんか見ることもできない、暗い場所です。たぶん地下深く、いつも湿った空気の中にいる。足許はどこも水浸しです。彼女は科学者で、とても大切な人、夢の中では、そうなんです。僕にとってもだし、それに人類にとっても……。だから、僕は彼女を救わなければならない。でも、もう追手はすぐそこまで来ている。味方は一人もいない。戦っても到底勝ち目のない相手なので、とにかく、隠れて逃げとおすしか、僕たちに選択はないのです。だけど、どんどん追い込まれる。そしてついには、諦めるしかない。追手に捕まるくらいならば、彼女を殺して、自分も死んだ方が良いのではないか、と考える。逃げるよりもその方が楽だし、それに、彼女もそれを望んでいるようだ、と思えます。このさき逃げ続けても、疲れ果てるだけです。もちろん、彼女にそんな提案をすることはできませんけれど、でも、疲れている顔を見たら、もう死ぬことを望んでいる、とわかるんです。だから……」

少年は僕をじっと見つめる。彼の瞳に光が見えた。

どこの光を反射しているのか不思議だった。

もしかしたら、涙だろうか。

もしかしたら、もっと美しいものだろうか。

わからない。

暗いのに。

どうしてなのか。

「そして、最後には、僕は彼女を殺してしまう」少年の声は僅かに震えていた。「彼女は微笑みながら倒れ、僕は彼女をこの手に抱くのです。それから、自分の頭も銃で撃ち抜きます。そうしないと、彼女がどこか遠くへ行ってしまう。見失わないうちに、僕も行かなくては、と思うんです」

少年が手を差し出した。

僕はその手に触れる。

細い指。

白い指。

体温のない、乾いた手。

もしかしたら、もっと美しい指。

もしかしたら、もっと美しい手。

「そこで……、目が醒めます。僕は死んで、こちらの世界へ帰ってくるわけです。何度も何度も、同じ夢を見るんです」

また、瞳が光った。

もしかしたら。

でも、

僕は彼に触れるわけにはいかない。

何故だか、そう感じた。

触れるだけで、壊れるものがある。

もしかしたら、もっと壊れるかもしれない。

もしかしたら、もっと消えてしまうかもしれない。

もしかしたら……。

「その彼女のことを、君はどう思っている？」僕は冷静な声できいた。僕の胸からではなく、僕の頭から出た声だった。

「大切な人だと」

「それだけ？」

「どういうことですか？」

「自分のものにしたい、と思った？」

「自分のものにする、という意味がわかりません」

彼の手首を摑んで引き寄せた。

沈黙。

十秒ほど、夜を消費したあと、彼が顔を傾けて。

僕は彼を引き寄せて、背伸びをして、口づける。

離脱。

離脱。

手を離す。

解放された彼は、目を伏せ。

美しい瞳が隠れ。

なにかが消えて。

なにかが途絶えて。

なにかが縮んで。

なにかが諦めた。

僕は、ポケットから煙草を出そうとしたけれど、途中で思い直した。言葉を探した方が賢明だ。でも、ポケットの中には言葉なんてない。手をそのままポケットの中で休ませる。もう彼に触れないように。

「今のは?」函南が小声できいた。

「わからない」僕は答える。「質問しないで」

「すみません」

「ごめんなさい」僕は謝る。「そんなつもりでは……」

今度は彼が僕の躰を両手で抱き寄せた。僕は手をポケットに入れたまま。背中に彼の手が届いた。
顔を引き寄せ。
でも、彼は躊躇(ためら)って。
数秒間。
数秒間。
ゆっくりと力を抜いて。
無言で頷く彼。
頭を下げたつもりだったかもしれない。
僕はじっと彼の瞳の中を探していた。
今はもう、美しい輝きは見えなかった。
涙が乾いたのだとしたら、それは良かった。
ここは夢の中じゃないのだから。
大切なものは、ここにはない。
それを思い出せ。
大切なものなんて、なにもない。
それを思い出せ。
「失礼しました」一歩後ろに引き下がって、函南は言った。

二人の間を空気が流れる。
「べつに、失礼は受けていない」僕は答えた。
彼は敬礼をしてから、僕に背中を向け。
僕は、彼の背中を見つめて。
背景の真っ暗な夜も、関係がなくて。
遠ざかって、ドアの中へ消えていく彼を追う。
静かだ。
僕の躰の中では、まだ振動が残っていたけれど。
僕の外側は静かだった。
そして、足許に煙草の吸い殻。
燃えかすと同じ。
消え残る。

episode 3: snap roll

第3話 スナップロール

やがて彼は静かになった。泣くのをやめたばかりでなく、息さえ殺して、全身注意に化してしまった。それは音によって語られる声ではなく、彼の内部に湧き上る思想の流れ――魂の声に耳を傾けるかのようであった。

「いったいお前は何が必要なんだ?」これが彼のはじめて聞いた、言葉で現わすことのできる明瞭な観念であった。「いったいお前は何が必要なのだ? 何がほしいというのだ?」と彼は自分で自分に言った。

I

この内陸の基地での生活が一週間ほど続いた。聴講生たちは、毎日入れ替わった。したがって、函南の姿も次の日にはもう見かけなかった。

幾度も僕は、僕の散香を空へ上げてやることができた。そう、その表現が似合っている。紙を折って作った飛行機を片手に構えて、空を見つめてすっと投げる、紙飛行機を空へ上げてやる、それはたとえば、鳥を放してやる、という行為に近いだろう。自分がコクピットに座っているのに、そんなふうに感じるのだ。つまり、散香が自由に空を飛んでいる、という妄想を僕が持っているということかもしれない。僕は散香の部品の一部でしかない。この感覚は、けれど、空中戦をするときだけは消し飛ぶ。ダンスを踊っているときは、散香の存在は、僕の周りからすっかり消えている。僕自身が空を舞い、相手も同じく空を舞っている。命を懸けるということは、最後にはこの感覚になる、ということだろうか。やはり、飛行機どうしが戦っているのではない。人と人が、相手を殺すことを目的に、全力を尽くす。自分が死んでも良い、という条件の下、空へ上がっていくのだ。考えるだけでも、人という動物の凄まじさに寒気がする。

そういう違いが、この基地で模範飛行を繰り返しているうちによくわかった。これは、僕が飛んでいるのではない。それとは違う行為だ。飛行機を飛ばしているだけ。自分が飛ぶために必要な技術ではあるけれど、しかし、自分が飛ぶことと同じではない。全然違う。

結局のところ、戦わなければ飛ぶという感覚は得られないのだろうか？　今は、それが結論だと思えた。だけどもちろん、自分は死にたくないし、相手だってできれば殺したくない。それは本当だ。ただ、得られるものがあまりに大きすぎて、それと交換するためには、なにもかもしかたがない、と僕は考えているように思える。残念ながら、それ以上にはよくわからない。わかったとしても、理解したとしても、だからどうする、という問題でもないような予感がするし。

三日ほど姿を見せなかった甲斐が戻ってきて、また食事を二人でした。

「急だけれど、明日、別のところへ移動してもらうことになった」彼女はデザートのときに、その指令を口にした。

「どこですか？」

「明朝七時半に出る。荷物をまとめておいて。行き先はそのときに」

僕は少し嬉しかった。ここの生活にはすっかり飽きていたからだ。毎日一人だけで飛べる、ほとんど遊んでいるような状態、でも、休暇とは言い難い窮屈さ。コクピットに入るときだけは、それなりに楽しいけれど、降りてきたときには、また憂鬱になる。何のために、こんなことをしているのだろう、なんて考えてしまう。それをいったら、自分は何のために生きているのか、という問題へ行き着くのだけれど、そんなふうに考えてしまうこと自体が、良い傾向とはいえない、と思えるのだ。

部屋に戻って、荷物をまとめた。一分で終わってしまった。それから、シャワーを浴びて、窓を開けて髪を乾かしていたら、ドアがノックされた。出てみると、比嘉澤だった。

制服の彼は黙って敬礼をした。

「何？」僕は尋ねる。

「こんな時刻に申し訳ありません。一言、お礼を申し上げたくて参りました。自分は今夜、ここを発つことになりましたので」

「そう」僕は頷く。「自分も明日には発つ」

「お会いできて光栄でした」

「中に入る？」

「いえ、もう、これでけっこうです。どうか、いつまでもお元気で、ご活躍されることをお祈りしております」

「ありがとう」

そのあとも、彼の口から幾つかの言葉が出ようとした。しかし、いずれも音にならなかった。僕は待った。こちらから誘うような話でもない。

「どうも、では、これで……」彼は諦め、頭を下げた。「失礼いたします」

僕は無言で頷く。彼は下を向いていたから、僕が頷いたのは見えなかっただろう。そのまま、通路を去っていった。僕はドアを閉めた。

窓際の椅子に腰掛けて、煙草に火をつける。彼が言いたかったことが何だったのか、という疑問は、すぐに捨てた。彼の姉が、墜ちていったときの記憶に対しても、顔を背けるようにして、相手にしなかった。わざと鼻で笑ってみせる、一人だけで。

ふと思ったのは、彼が姉を愛していたこと、そして、消えてしまった姉の代わりを、自分の外側にまだ求めていることだ。そんなものがちらちらと、彼の目の前にあるのだろう、きっと。

もしも僕だったら、すぐに機銃で撃ってしまうにちがいない。目障りだ。自分の視界を、常にクリアにしておきたい。いつ、どこから相手が来ても、最大限の敬意を払って迎え撃つために必要なクリアさだ。

兄弟というものが僕にはいないから、理解ができないのかもしれないな、とも考えた。血がつながった者といえば、母しか思い浮かばない。

一瞬、息を止めた。

それから、もう一人いる。

どこにいるだろう。

生きているのだろうか。

煙、煙。

煙草を消す。

窓を閉めた。躰は冷たくなっていた。

2

翌日も晴天だった。

ここへ来たときと同じように、僕は、甲斐を乗せた泉流に続いて滑走路を飛び立った。二時間ほどのフライトらしい。あらかじめ、着陸のポイントだけは教えてもらった。今までに一度も行ったことがないエリアで、都会が近い。着陸する施設は民間のもので基地ではない、という説明を受けた。民間の飛行場へ降りるなんて、滅多にあることではない。きっとまた、なにかのイベントだろう、と想像した。会社の広報活動に僕は利用されているのだ。だけど、そのために、ここまで優遇してもらえたのだから、文句が言える筋合いでもない。

後半は、ずっと真っ白な雲の上を飛んだ。甲斐がときどき無線で話しかけてくる。それができるエリアなのだ。そんなピクニックみたいなフライトだった。目的地が近づくと、大きな旅客機が雲の中から上がってくるところに出会った。不思議な飛行機だ。まるで、船が飛んでいるみたいな感じ。プロペラが翼の前で四つ、後ろで四つ回っている。爆撃機よりももっと大きい。爆撃機は荷物を落としにいくのだけれど、旅客機は着陸するときも重いままだから、さらに大変だろう、と想像した。しかし、パイロットは、例外なく爆撃機の操縦経験者だという話を聞いたことがある。

僕たちは雲の中へ下りていった。

下界はどんよりとした曇り空だった。もの凄く沢山のビルが最初は小さく見えた。写真でしか見たことがなかった光景だ。まだ昼間なのに、赤いライトを光らせている建物もあった。

着陸許可が下りるまで、指定のエリアで旋回をした。真下は緑地か墓地のようだった。旅客機が二機飛び立ったあとに、許可が出る。泉流がさきに着陸コースに進入し、僕もそのあとに続いた。

滑走路は途方もなく長い。爆撃機だって、この三分の一で充分だろう。戦闘機ならば、滑走路の横にある作業車用の道路に降りられる。

ランディングのあと、すぐに減速して脇道に逸れ、管制塔とは離れる方向へUターンした。滑走路の端の方へ向かっている。この空港に、戦闘機用の格納庫があるとは思えない。

給油だけして再び飛び立つのかもしれない、と想像した。

近くに高速道路が見えた。車が沢山走っている。その向こう側に中層のビルが建ち並んでいる。集合住宅だろうか。それらは、まだそんなに高くない。せいぜい十階建て。さらに、そのずっと向こうに霞んで見えるのが、都心だろう。そちらのビルは、もうどれくらい高いのか、よくわからなかった。そこだけ天気が違うのか、日差しを受けて眩しく輝いているのだ。地上に降りてしまうと、距離や大きさが把握できないことが多い。

街の名はもちろん知っていたけれど、それはニュースで聞くだけの場所だと思っていた。自分がこんな都会へ来るなんて、想像したこともない。人が沢山いるのだろうな、というくらいの感想しかないし、人が沢山いるところは、もちろん僕は苦手だ。

小さなグリーンのテントが近づいてきた。仮設の格納庫らしい。その前にバスや自動車が何台か駐車されていた。大勢の人間もいる、ということか。

泉流が停まったので、僕はその後ろで停止した。ところが、誘導員が走り出てきて、僕には、もっと前まで進めと指示をする。再びエンジンを軽く吹かして、前進させた。行く先で、大勢の人間が左右にどいて場所をあける。危ない連中だ。プロペラに巻き込まれたら、どうするつもりだろう。テントの手前まで来た。ようやく旗が上がって、僕はブレーキをかけた。

エンジンを切る。周囲を見たいとも思わない。プロペラの音が次第に静かになって、かわりに人のざわめきが聞こえてきた。シートに深く座って、僕は外を覗かないようにしていた。

溜息。

また、こんな仕事か……。

しかたがないな、本当に。

だけど、本当にしかたがないのだろうか？

ティーチャのことを思い浮かべた。英雄だった彼のことだ、こんな仕事をしていたにちがいない。そういえば、出張が多かった。だから辞めてしまったのだろうか。否、やっぱり、僕のことが原因で……。

名前を呼ばれたので、しかたなく顔を上げて、外を覗き見る。甲斐が先尾翼の手前に立って、こちらを見上げていた。

僕はキャノピィを持ち上げた。いやらしく湿った生暖かい空気が、想像したとおりだった。周囲の人間たちの息遣いが集まり、音や匂いになって空気に溶け込んでいるような気がする。

「降りてきて」甲斐が手招きしながら言った。

ベルトを外して立ち上がり、主翼の上に出た。なるべく周囲を見ないようにして、バッグを片手に掴み、僕は地上に降り立った。

「ヘルメットを外しなさい」近づいてきた甲斐が僕に囁いた。

僕はゴーグルを持ち上げ、それから、ヘルメットを脱いだ。髪の毛が臍(へそ)を曲げていそうだったけれど、気にしないことにする。小さく溜息をついた。

案の定、フラッシュが押し寄せる。

防御として、視線を地面に落とす。

アスファルトだ。地面が無理に膨張しようとして、ひび割れたアスファルト。僕の影はない。天候が悪く、雨が降りそうな照度だった。

甲斐に背中を押されて、僕は歩いた。

「気分が悪い?」彼女が僕の耳もとで小声で尋ねる。

「ええ、少し」僕は正直に答えた。

「何のせい?」可笑しそうに、息を漏らしながら甲斐が囁く。

「すぐ直ると思います」僕は視線を上げて、彼女を見た。

また、フラッシュ。

こんなときこそ、ゴーグルをかけたかった。人の視力に関して無神経な連中だ、カメラマンというのは。

テントの方へさらに近づくと、今度は手にマイクを持った大勢が待ちかまえていて、僕たちに前方から殺到しようとした。制服の係員がそれを押しとどめ、ラッセル車みたいに左右に分けた。僕と甲斐は、いつの間にか六人の男たちに囲まれて歩いている。いずれも、黒いスーツを来た大男だった。なるほど、ガードされているのだ。自分が爆撃機になった気分がした。狙撃される可能性があるのだろうか。僕は顔を上げて、辺りを見回した。近くに高い建物はなく、上から撃たれる心配はなさそうだった。だけど、カメラのフラッシュに拳銃が仕込まれていたら、今頃、僕たちは全滅だったろう。

テントの中に入った。仮設といっても、ドアがちゃんとある大きな建物だった。飛行機もこの中に入れるつもりなのだ。屋内にさらに小さな四角い建物があって、その中へ甲斐は入っていく。入口が高いので、手前に一段だけ踏み台が作られていた。

事務所のような場所で、誰もいない。奥に、デスク。手前には小さなテーブルとその両側にソファ。彼女はその一方に腰掛け、僕にも座るように、手でもう一方を示した。

「びっくりした?」甲斐は僕を見て微笑んだ。

「いえ」僕は首をふる。

「五時間ほど、ここで休んでいて。飲みものは、コーヒー?」

「ええ」

甲斐はドアの方を見る。振り返ると、ガードマンの一人がそこに立っていて、頷いてから遠ざかっていった。あの男がコーヒーを淹れるのだとしたら、それはそれで愉快かもしれない。

「そのあとは?」僕は尋ねる。

「本社へ行きます」

「本社?」

「そう」

これには、正直言って驚いた。我が社の本社が、この街にあることを僕は知らなかった。というよりも、それは公開されていない。どこに本社があるのか、一部の関係者以外誰も知らない、という噂は聞いたことがあった。

しかし、本社に何の用事だろうか。

しばらくすると、シャッタが開き、泉流と散香をテントの中へ引き入れる作業が始まった。外の報道陣はまだ半数ほどが残っていて、飛行機の写真を撮ろうとしている。僕は、ブラインドの隙間から、その様子を窺っていた。

飛行機が納まると、シャッタが下ろされた。テントの中に照明が灯る。その頃には、甲斐はデスクで電話をしていたし、僕はコーヒーを飲んでいた。

片手にカップを持ったまま、僕は事務室から出ていって、飛行機のそばへ歩み寄った。整備工が数名いる。リーダらしき人間を見つけて、幾つか注文と注意をした。

「ご心配なく、細心の注意を払って整備をいたしますので」男は言った。整備工がこんな丁寧な口をきくなんて、やっぱり都会は違うな、と僕は思った。なんだか、落ち着かない。

本当に大丈夫だろうか。笹倉がいてくれたら良いのに、とも考える。

甲斐は途中でテントから出ていった。僕は事務室に一人で残された。雑誌と新聞が置いてあったから、それを読んだ。僕たちの仕事が、どのように扱われているのか、少しだけわかった。でも、それほど興味はない。雑誌は、世界中の名所を巡る、という特集で、写真が沢山掲載されていた。行ってみたいな、と思ったけれど、でも、行っても、きっとなにもないだろう。この写真のとおりのものがそこにある、それだけだ。

3

甲斐が戻ってきて、テントの前で自動車に乗り込んだ。既に報道陣はいなかった。もう夕暮れ時。

空港の敷地内をしばらく走り、鉄柵のゲートで、手続きをしてから外に出た。ハイウェイに合流し、もの凄い数の車の中をのろのろと走った。どのエンジンも燻っているみたいだ。すぐ横を自動車が並行しているなんて、不思議な光景だった。よくぶつからずにいられるものだと感心する。

ハイウェイから下りると、信号が多い。走っている時間の何倍も、停まっていた。歩いた方が速いのではないか、と思えるほどだ。でも、歩いている人間も、信号待ちをしている。人も車も多すぎるって、誰か気づかないのだろうか。

市街に到着した頃にはすっかり日が暮れていた。照明が沢山輝いて、逆に眩しいほどだった。看板も多い。光ったり消えたりするライトも多い。動いている看板もある。大きなテレビもあった。車道は車で溢れ、その両側の歩道は、もっと沢山の人間たちでいっぱい。不思議なことに、みんな黙って歩いている。どこかへ急いでいるふうなのだ。店は大きなガラスの中に商品を展示している。人形が着ている洋服とか、実物の自動車が展示されているところもあった。どうやって中へ入れたのだろう。聞こえてくるのは、ときどきのクラクション、そしてどこかでかかっている音楽が入れ替わりで少しずつ。

運転手は白い手袋をしていて、言葉が通じそうにない、そんな奴だった。後ろを一度も見なかった。バックミラーでも、顔は見えなかった。その彼が急にハンドルを切って、車は歩道へ乗り上げる。そして、ビルの入口の中へ入っていった。すぐに下り坂。地下へ下りていく道だった。

灰色の柱が何本も整列し、大きな車がその間に置かれている。一箇所だけ明るい場所があって、ガラスのドアの中に、ステンレスみたいな壁の部屋が見えた。その前で、僕と甲斐の二人は車から降りた。

ステンレスの部屋は、エレベータホールだった。長身のガードマンがガラス戸の両側に立っている。甲斐は身分証明書を変な機械の中に差し入れた。それに反応してガラス戸が開いたみたいだ。ガードマンが何のためにそこにいるのか、僕は不思議だった。彼らは僕をじろじろと見た。彼らには僕がどうしてここへ来たのか不思議なのかもしれない。甲斐はなにも言わずに、彼らの前を通り過ぎた。

エレベータは四つあったけれど、一番奥の一台に乗った。

鈍い加速度とともに、それは上昇する。四方が鏡みたいに僕たちを映している。

「今度は、何を?」僕は尋ねる。

「私の上司に会う」甲斐は即答した。「大丈夫。なにも心配はいらないわ」

「心配はしていません」僕は小さく頷いた。

「私は、心配」甲斐は口を斜めにする。たしかに、少しだけ珍しいかもしれない彼女の表情だった。もしかして、緊張しているのだろうか。

三十七階でエレベータは停止した。外に出て、通路を進んでいくと、照明が明るくなり、突き当たりのドアが開く。同心円模様の絨毯（じゅうたん）が敷かれた部屋に入った。奥に受付のカウンタ。そこの女性が頭を下げた。

「カイです」甲斐がその女性に告げる。「カヤバさんに……」彼女は後ろをちらりと振り返って僕を見た。「クサナギを連れてきたと」

女性が頷き、受話器を持ち上げる。聞き取れないほど小さな声で彼女は話したあと、

「どうぞ」と片手で横を示した。

すぐ横のドアが開く。部屋のドアではなく、それもエレベータだった。僕は、甲斐が動くのを待った。しかし、彼女は歩こうとしない。そして、僕を見た。

「君だけで行くのよ」甲斐が言った。

「はい」驚いたけれど、僕は冷静に頷いた。

小さなエレベータが僕一人を乗せて、さらに十数階上昇した。ドアが開くと、白い壁のオフィス風の空間で、やはり正面のカウンタに女性がいた。彼女はカウンタの前に出てきて頭を下げた。

「どうぞ……、こちらです」

通路を奥へ進む。彼女が途中で立ち止まり、ドアをノックしてから開けた。大きなドアだった。その部屋へ、僕は入っていく。

室内は広く、壁に大きな絵が飾られていた。それから、書棚があった。立派そうな本が並べられている。僕がいつも読んでいるような薄っぺらい小さな本ではない。

キャビネットには巨大な花瓶がのっていて、鳥の羽根のようなものが何本も差し入れられている。その手前に、黒い革のソファが三つ。

窓際にデスクがあって、立ち上がった男が、僕の方へ近づいてきた。広い部屋だが、彼一人しかいない。

「クサナギです」僕は敬礼をした。

「ああ、そこへ座って」にこやかな表情で彼は言った。

どの場所に座れば良いのかわからない。彼が肘掛け椅子に腰掛けるまで待った。そこで、もう一度彼が手で示す。僕はその手が示したと思われる場所に座った。

「カヤバといいます。はじめまして」穏やかな声だった。

「はじめまして」僕は頭を下げた。

じっと、彼は僕を見つめる。年齢はいくつくらいだろうか。六十に近いかもしれない。頭髪は半分は白い。フレームのないメガネをかけている。目がぎょろりと飛び出した感じで多少恐ろしい顔。躰は痩せている。手が異様に大きい。ネクタイはしていなかった。制服ではない、黒っぽいスーツ。彼は脚を組んだ。

「カイ君から、君のことは詳しく聞いています。ここへ来てもらったのは、もちろん仕事のためです」彼はゆっくりとした口調で話した。反響しているように深く響く声だった。

「そちらの、窓へ行って、外を見て下さい」

僕は立ち上がり、窓の方へ歩いた。彼のデスクの横を通り、大きなガラス窓の外を眺める。周囲にも高いビルが沢山あった。下を覗くと、低いビルはもっと沢山ある。

「失礼いたします」ドアが開いて、若い男が一人入ってきた。

トレィにカップをのせている。彼が、テーブルにそれを並べている間、僕は待っていた。彼が部屋を出ていってから、僕はソファに戻った。

「この街で、飛んでもらいたいのです」萱場（カヤバ）は言った。「このビルの周りを、ビルとビルの谷間を、散香で飛んでもらいたい」

「指令であれば、どこでも飛びます」僕は頷く。

「多少、危険かもしれないが」

「いえ、特に危険ではありません」

「いや、君の危険ではない。下にいる市民です」

「はい、たしかにそのとおりです」僕は言葉を一度切る。多少躊躇（ちゅうちょ）してからきいた。「質問してもよろしいでしょうか?」

「何故、そんなことをするのか、とききたいのだろうけれど、それは知らなくて良いのです。ただ、単なる広報活動ではない。その程度のことで、こんな危険なことをするわけがない。わかりますね?　重要な任務です。政治的に必要なこと、我が社は今や、国家の中枢と直結している。したがって、国家的プロジェクトの一環だと考えてもらってけっこう」

「わかりました」なにもわからなかったが、なにもわからない方が良いことがわかった。

「具体的なプランは、あとで書類を渡します。実行は早くて明後日。天候によります」

「了解しました」

萱場はテーブルのカップを手に取って、それを口へ運んだ。僕は姿勢良く座ったまま動かなかった。

頭の中では、ビルの谷間を飛ぶアクロバット飛行のことを考えていた。政治的にどんな意味があるのか、オーバなのか、あるいはアンダなのか、いずれにしても意味ありげなその表現は、僕にとってはネオンに輝く看板と同じで、綺麗か、眩しいか、そんな程度の意味にしか受け取れなかった。

「ティーチャからも、君のことを聞いていた」

僕は顔を上げて、彼の視線を受け止めた。顔にはなにも出さなかったけれど、その名前がここで出ることはまったく予想していなかったから、少なからず動揺した。

「彼は、僕の古い友人でね……。何度も、パイロットを引退するように勧めた。重役の椅子が彼を待っていた。でも、説得できませんでした。君は、どうかな?」

「説得は難しいと思います」僕は即答した。

「うん」萱場は口もとを緩める。「何が、君たちをそんなにまで駆り立てるのだろう？不思議でなりません。きっと、どんなに説明してもらっても、わからないでしょうね。ただしかし、そういったものをとても尊重しています。貴重だと認識しています。だから、できれば君の願いを叶えたい」

「本当ですか？　では……」

「空中戦がしたい、前線へ戻してくれ、と言いたいのですね」

「そうです。どうか……」僕は立ち上がって頭を下げた。「お願いします。そのためならば、なんでもします。どうか、自分を元の配属へ、元の基地へ、戻して下さい」

「まあ、座りなさい」萱場は片方の手のひらを見せる。

「すいません」僕は謝ってから、ゆっくりと腰掛ける。

「いや、いいんです。気持ちはよくわかりました。いや、既に理解していた。ただ、社は君を失いたくない。それだけのことですよ。君が二人いるならば、願いどおり戦場へ送ったでしょう。こちらの気持ちも、察してもらいたい」

「はい、わかっているつもりです。勝手を言って、本当に、申し訳ありませんでした」

「ティーチャとは、どんな関係なんですか？」萱場は突然別の質問をした。

「関係……、といいますと……」僕はそう言ってから、首を捻った。これは完全に演技だった。「彼からは、多くのことを学びました」

「それだけの関係ですか？」

　じっと僕を見つめる萱場の視線を、僕は必死になって受け止めた。体力を消耗する行為だったけれど、持ち堪えなければならない。旧友だと言った。もしかして、ティーチャからなにか聞いているのだろうか。そうかもしれない。僕は一瞬だけ迷った。正直に話した方が良いだろうか、と。

「彼が去っていった理由が、今一つ読み切れなくてね」萱場は話した。「なにか聞いていませんか？」

「プッシャに反対だったようですが」

「それは知っている。しかし、その程度のことならば、彼だけのためにトラクタ・タイプを用意できる。そんな小さな問題ではないでしょう」

「では、自分にはわかりません」

「そうですか」彼は、また重い視線を僕へ向ける。僕は緊張したまま我慢した。「このビルにあるホテルに泊まってもらいます。プロジェクトの詳細は、今夜にも持っていかせましょう」

「わかりました」

「では、最適の健闘を」萱場は立ち上がった。

僕も立ち上がって敬礼をした。

4

二十五階の部屋だった。僕はシャワーを浴びてから、ベッドに横になり、テレビを見た。騒がしい番組ばかりだったけれど、一つだけ、古代遺跡に関するドキュメントをやっていたから、それを見た。濡れた頭にはタオルを巻き、途中からは起き上がって、クッションをかかえていた。少し空調が利きすぎて、暑いくらいだ。

インターフォンが鳴った。急いでガウンを羽織り、ドアへ行く。少し開けて覗くと、制服のボーイが一人。

「クサナギ様、メッセージをお届けに上がりました」

「どうもありがとう」

ドアの隙間から封筒を受け取った。ベッドに戻って、それを開けようとしたとき、今度は電話が鳴る。

「はい、クサナギです」僕は受話器を手に取った。

「カイです。本来ならば、私が説明するつもりだったのだけれど、たった今、カヤバから変更だって言われたの」

「え？　何の話ですか？」

「向こうの担当者が、直接君と会いたがっていて、そうすることになった。だから、指示のとおり、一人で行って。大丈夫、心配はいらないから」

「指示って、メッセージが今届きましたけれど」

「そう、それ」

「まだ読んでいません」

「それが、信頼できるものだということが言いたかっただけ」

「わかりました」

「二時間後に、会いましょう」

「はい」僕はベッドサイドの時計を見た。十九時半だった。

受話器を戻し、僕はメッセージの封筒を開けた。中には、三十階のラウンジで二十時から打合せをするので来い、といった内容の文章が丁寧な言葉で書かれていて、僕の知らない社名と、イニシャルと思われる文字が記されているだけだった。

今は空腹感はない。ラウンジというのは、酒を飲むところだろうか、それともレストランだろうか、と考える。どんな服装で行けば良いだろう。もっとも、選べるほども持ってはいない。結局、普段着のセータを着て、時間の五分まえに部屋を出た。

エレベータで三十階へ上がり、ラウンジをすぐに発見。店員が近づいてくる。

「お客様、ご予約の方でしょうか?」

「あ、えっと、よくわかりません。でも、ここへ来いと言われたので」

「失礼ですが、お名前は?」

「クサナギです」

「あ、はい、承っております。どうぞ、こちらへ」

暗い店の中へ入った。カウンタやテーブルの席は、だいたい客で埋まっている。静かなブルースが流れていた。キッチンからだろうか、小さな金属音が頻繁に聞こえてくる以外は、大勢の話し声と笑い声が無線機のノイズのように一定だった。

一番奥のテーブルの観葉植物に囲まれた場所に、相手の男が既に席に座っていた。帽子を被り、メガネをかけている。僕は、もう一方の席に座った。店員が飲みものを尋ねたので、温かいお茶を頼んだ。

「いろいろございます。どのようなお茶を?」

「なんでもいいです」僕は答える。

店員が遠ざかっていった。

暗くて、テーブルの向こうの男の顔がよく見えない。

「はじめまして」僕は挨拶する。

「クサナギ、久しぶりだな」男が言った。

その声で僕は躰中が一瞬で痺(しび)れてしまった。

動けなくなって、息を止めて。

じっとその暗闇の中を見定めた。

背中や太股のあたりに寒気を感じて。

ようやく、呼吸をして。

躰を五十センチほど前に。

彼は、大きな手で、煙草を取り出す。

一本を抜き取る。
そして、ライタで火をつけた。
煙。
ティーチャ!
僕は叫びたかった。
立ち上がりたかった。
彼に抱きつきたかったかもしれない。
でも、
何故か躰が動かない。
煙。
沈黙。
煙。
もっと、煙。
もっと、沈黙。
暗い。
僅かに反射するガラスのテーブル。
濡れている。

ウェイタが、近づいてきて、僕の前にカップとポットを置いていく。
しかし、まったく目に入らない。
煙。
動いている。
僅かな光を捉えて。
暗闇から吐き出され、手前に流れ出て、ライトが混じる。
彼の手。
煙草の赤い火。
光って。
煙。
沈黙。
「元気か?」
僕は頷いた。
息をする。
苦しい。
でも、大丈夫。
苦しい方がいい。

大丈夫だ。

息をして。

気がつくと、涙で視界が滲(にじ)んでいた。僕は片手の指でそれを拭う。

指が濡れる。

熱くなる。

「どうして、ここに?」僕は尋ねた。

でも、口から出た瞬間に、その答がわかった。

そうか、ティーチャも、このプロジェクトのために呼ばれたのだ。

「でも、何故?」僕は質問する。「また、こちらへ転属に?」

「そうじゃない」彼は答える。低い声だ。いつもの。

いつものって、いつだ?

いつの、いつもだ?

ああ、もうずっと昔のことなのに……。

どうして、こんなに。

どうして、こんなに急に。

彼は座り直して、テーブルの灰皿に手を伸ばす。顔が少しだけ見えるようになった。僕の目が慣れたせいだろう。変なメガネをかけている。髪が長くなっている。それが変化した点だった。あとは変わらない。

「俺は、まだお前の敵だ」そう話すティーチャの口は、少し笑っていた。僕もそれを見て微笑んだかもしれない。「今回のこの馬鹿馬鹿しいイベントは、両社が自分たちの存続のために、一芝居打とうってわけだよ。そのまえに、政治家たちがもっともっと大きな芝居をしている。まあ、それに比べたら、単なる前座だ」

「ティーチャも飛ぶのですか？」

「俺とお前が飛ぶんだ」

「二人で？」

「そう……。ここで、この街の中で、ダンスを踊ってやる。本もののダンスを知らない連中が考えたんだな。見せてやろうじゃないか」

「ええ、もちろん……。でも……」

「どれくらい、お前が強くなったのか、楽しみだ」

「もしかして、アクロバットでは、ない？」僕はきいた。

彼は、横の椅子に置いてあった封筒を、テーブルの上に投げるようにして置いた。僕はそれを手に取る。大きな封筒だ。糸を解いて、中を見る。綴じられた数枚の書類。

斜め読みをする。

戦闘、という文字にアンダラインがあった。

実戦、という文字がボールドになっていた。

「一騎打ちだ」ティーチャが言った。彼は灰皿で煙草の火を消す。「手加減するなよ、本気でかかってこい」

「はい」僕はすぐに頷いた。

それから、必死に考える。

戦闘。

実戦。

一騎打ち。

本当だろうか？

これは現実だろうか？

望むところだ。

どれほど、それを望んだだろう。

夢にまで見た。

鼓動は速くなり、躰は熱くなった。カップを持ち上げ、お茶を飲んだけれど、どうして冷たい飲みものを頼まなかったのか後悔した。

ティーチャと戦える。

ティーチャとダンスが踊れる。

手加減などできるはずもない。

本気以外になにがある。

どれほど、これを望んだだろう。

「ありがとうございます」僕は頭を下げた。「本当に、どうもありがとうございます」

「何のことだ？」

「こういう機会を僕に与えてくれたのですね？」

「俺がやったことじゃない」

「でも、どこかできっと、あなたの力が」

「勘違いするな」彼は首をふった。「言っておくが、俺は望んではいない。お前と戦うことなんて、これっぽっちも望んでいない。しかし、これは仕事だ。しかたがない。相手がどうやらクサナギ・スイトだとわかって、それだったら、どちらかが墜ちるまえに、会っておきたいと思った。その点で無理を通してもらっただけだ。今、ここにいることだけが、俺の力の精一杯だよ。カヤバに会っただろう？　このビルの上にいる」

「はい、お会いしました」

「友達のよしみで、内緒の面会を許してもらったってわけだ」

「頑張ります。どうかよろしくお願いします」僕は頭を下げた。

「相変わらず、クレージィだな」

「あなたのことを尊敬しています。僕の命を懸けて、精一杯……」そこで言葉が出なくなった。僕の頬に涙が伝っている。それが口に入るくらいだった。涙の味がした。どうして、泣いているのか、自分でもわからない。「がんばります。どうか見ていて下さい」

「わかった」ティーチャは頷いた。「俺も、手を抜くつもりはないし、そんなことができる立場でもない」

彼は片手を差し出した。その意味がわからなかった。でも、その大きな手を、僕は握りたいと思った。

両手を伸ばして、彼の手に触れる。

握手を求められたと気づいたのは、そのあとだった。

「一つアドバイスがある」

「何ですか?」

「待つな」

「え?」

「待ったところでろくなことはない。自分を信じて、自分の感覚を信じて、いつでも撃て」

僕は彼の手を離す。

「はい」

「このまえのときだって、俺に逃げられたのは、その一瞬だ。あと、コンマ五秒」

「はい」

「撃とうと思うまえに撃つんだ」

「撃とうと思うまえに撃つ」

「そうなれば、もう誰も、お前を墜とせない」

「はい」

涙が流れ続けて、僕の声は濁っていただろう。呼吸がノッキングしたエンジンのようだったからだ。

「じゃあ」彼は立ち上がった。

僕も立ち上がる。

「体調を整えておけよ。良く寝て、リラックスして」

「はい」

彼が僕の前に立つ。

僕は片手を上げて敬礼した。

彼は、表情を変えず、僕の目を見た。

それから、ゆっくりと片手を上げて敬礼をした。

背中を向けて、遠ざかっていく彼を、

暗闇の中に消えてしまうまで、僕は見送った。

5

翌日は、朝から飛行場へ出向いた。タクシーを裏口の前で降りて、ゲートの守衛に通してもらった。幸い、守衛が僕の顔を知っていたので、身分証の提示は必要なかった。テントまでは軽くランニング。ちょうど良いエクササイズだった。

テントはドアが開いていた。ここへ来たのは、もちろん、整備の状況を見たかったからだ。

僕の散香は、カウリングが外されていた。若い整備工が一人だけで作業をしている。僕の顔を見て、少し驚いた様子だった。

「何をしているのですか？」僕は尋ねる。

「いえ、整備を……」

そのあと、説明を待ったが、彼はまた黙って仕事に戻ってしまった。僕は、横に立ってしばらく眺めていた。どうも変だった。彼は、ニードルの微調整ネジを緩めようとしている。

「待った」僕は声を上げ、片手を広げる。「何をしている？ 説明をして下さい」

　整備工は目を丸くして、こちらを向いた。怯えたような表情で、少し不自然に笑ったような顔。

「どうして、そこを緩める?」

「いえ、その、調整をしろと言われたので」

「何の調整?」

「混合比の」

「それくらいわかる。何故、混合比を変える必要がある?」

「高度の問題だと思います」

「高度?」

　テントに男が入ってきた。昨日会った年輩の男だ。整備のリーダ格らしい。僕と整備工が睨み合っていたのに、彼はすぐ気がついた。

「どうしました?」

「いえ、どんな整備をしているのか、と説明を求めただけです」僕はできるだけ軟らかい口調で答えた。「空気の微調整を緩めようとしていたので」

「ああ、私が指示したものです。すみません、あとで説明をするつもりでおりました」

「事前にしていただくのがルールだと思います」

「はい、承知しています。ただ、明日にも実戦となると、余裕がありません。調整をして、一度エンジンを回してみる必要もありましたので、その結果も含めてご相談をしようと」

「何故、変えるんです？　今まで調子が良かったのに」

「ですから、高度が低いためです」

「低い？」

「はい、そうではありませんか？」

「低くなるかどうかなんて、わからない」

「いえ、低くなる、と聞いております」

昨夜、ベッドで読んだ企画書を僕は思い出した。たしかに、そのような内容の文字があった。けれど、実際に戦うときには、飛行機はどんどん上りたがるもの。相手よりも高いところにいた方が有利だからだ。

「そんな調整は必要ありません」僕は言った。「どうか触らないでいただきたい」

「都会は空気も汚れています。二酸化炭素の濃度も高い。水蒸気も多いのです。この街でパワーを出すためには、混合比を変えなければなりません。ここには、ここのノウハウがあるのです。どうかお任せ下さい」

沢山の言葉が喉まで上がってきたけれど、口から出るには弱すぎた。僕はそれらを飲み込んで、無言で頷くしかなかった。そして、彼から離脱し、事務室へ逃げ込んだ。

ソファに座って、天井を仰ぎ見た。

落ち着かない。自分の躰が、肉の塊のように思えた。動かしてやらなければならない対象。もしかして、これは緊張しているのだろうか。おそらく、そうだ。ティーチャと戦うことがプレッシャなのだ。飛行機に乗っていて、彼に突然出逢ったのならば、こんな不自然なことにはならなかっただろう。今、僕は飛行機に乗っていない。だから、気持ちも躰も落ち着かないのだ。きっと、そうだ。

煙草に火をつけてみたけれど美味しくなかったので、すぐに消して、ソファにもたれかかり、目を瞑った。

勝てるだろうか。

その疑問文を、昨夜ベッドの中で何度口にしただろう。空だったら、そんなこと疑いもしないのに。操縦桿を握っていれば、なにも不安はないのに。絶対に墜としてやる。自分は飛び続ける。そう信じていられるはず。なのに、地上では、駄目だ。なにもかも不安になってしまう。

今朝起きて、とにかく飛行機のある場所へ行こうと、もうそれだけしか頭になかったのは、つまり、自分の中にあるどうしようもない不安を消したかったからだ。コクピットの中に入れば、きっと消えるはず。

「コーヒーを飲む？」突然の声。振り返ると、戸口に甲斐が立っていた。

「あ、はい……」僕は立ち上がって敬礼をした。「おはようございます」

甲斐の後ろにもう一人若い制服の男がいて、彼が頷いてから立ち去った。コーヒーを持ってくる係のようだ。

「どうした？　なんか、眠そうな顔だね」甲斐は部屋へ入ってきて、対面のソファに座った。

「少し、寝不足かもしれません」僕も再び腰を下ろす。小さな溜息が出てしまった。「飛行機のことが心配で、ここへ来てしまいました」

「きっと、そうだと思ったわ」

「でも……」僕は飛行機の方へ半分顔を向ける。戸は閉まっているから、飛行機は見えない。「勝手にエンジンを触られている。なにも聞いていないんです。この街の低空を飛べるように、それに合うように調整する、と説明をさきほど受けました。でも、そんな経験は自分にはないし、できれば、今までどおりのセッティングの方が安心です」

「わかった、なんとかする」甲斐は煙草に火をつけようとしていたが、それを中断して立ち上がった。

彼女はドアから出ていった。僕もついていきたかったけれど、我慢することにした。彼女に話した以上、もう僕が行くことは礼儀に反する。それに、整備のことで、上司に告げ口をした格好になった。それが、少し後ろめたかったからだ。

甲斐よりもさきに、コーヒーが届いた。男が入ってきて、テーブルに二人分のカップを並べた。プラスティックの軽量そうなカップだ。どこか近くに販売機があるのだろうか。その場所をきこうか、と僕が迷っているうちに、男は敬礼をして部屋から出ていった。

いつの間に、自分はこんなに偉くなったのだろう、と僕はふと考えた。整備工のやり方に注文をつけている。周囲の連中が、みんな僕に敬礼をするのに、僕はそれを無視している。

腹を立てているのか？

神経質になっているのか？

それがわかる。

じっとしていると、躰が震えそうだった。

早く飛びたい。

エンジンのテストでも良いから、飛ばせてもらえないだろうか。でも、ここは基地ではない。旅客機が離発着しているのだ。そんな勝手な真似は許されないだろう。

せめて、コクピットに入りたい。

操縦桿を握りたい。

甲斐が戻ってきた。僕は姿勢を正し、できるだけ普通に装った。彼女は、僕をじっと見据えてから、少し微笑んだ。

「緊張しているわね？」

「はい」僕は正直に頷く。「とても嬉しいです」

「何が？」

「戦えることが」

「そう……」甲斐は、コーヒーを一口飲んでから、さきほど出した煙草を口にくわえて火をつけた。「で、どう？　勝ち目はあるの？」

「相手が誰なのか、ご存じなのですね？」

「当たり前でしょう」甲斐は煙を吐き出して笑った。「私が知らないことで、あなたが知っていることは、たぶんないわね。あ、いえ、飛行機以外のことでならば、だけれど」

「失礼しました」

「いえいえ、そんなふうにとらないで」甲斐は微笑んだまま一度目を瞑った。そして、煙をゆっくりと吐きながら、目を開ける。僕をじっと見た。

「勝ち目は、そうですね、五分五分です」僕は答えた。「以前の、ティーチャと僕でしたら、勝ち目はまったくありません。でも、今は、勝てると思います」

「勝てると思う、というのと、五分五分、というのと、どっちが本当？　だいぶ食い違っていると思うけど」甲斐は真剣な顔に戻った。まだ僕を見据えたままだ。

「五分五分だったら、勝てます」僕は答える。

「意味がわからない」彼女は首をふった。

「客観的なデータが五分五分の条件を、すべて勝ってきた、だからこそ、生き残っているんです」僕は言った。「五十パーセントも可能性があるならば、必ず勝てます」

「変な自信ね」

「自信ではありません」

「では……、何?」

「予感です」そう答えたけれど、それは二番めに思いついた言葉だった。本当のところは、「諦め」だと思える。

「そう……」甲斐は深呼吸のように煙を吐く。「どうやら意味のない質問だったみたい」

彼女はくすっと吹き出した。ここで笑える人間は、そんなに多くはないだろう。きっと、僕なんかよりも、ずっと確かな自信が、彼女を覆っている証拠だ。

「今日は、何をしたら良いですか?」僕は尋ねた。

「そうね……、まず、コーヒーを飲んだら?　冷めるわよ」

僕は頷いて、カップを手にする。

「今日はなにもない。マスコミもシャッタアウト。どこでも、好きなところで、好きなことをしてOK。でも、きっと、この近くにいるつもりでしょう?」

「そうですね。外を散歩してこようかと思います。この敷地の中だったら、どこへ行っても良いですか?」

「散歩？」

「いえ、少し走りたいだけです。体重を落としたい」

「え？」甲斐は驚いたようだ。「体重を落とす？　それ以上に？」

「しばらく基地にいなかったので、躰が鈍(なま)っているんです」

「そんなふうには見えないけれど」甲斐は口を歪ませる。「運動よりも、昼寝でもして休んだ方が良くない？」

「ええ、ありがとうございます」

「今夜、また一緒に食事をしましょう」甲斐は真面目な顔で言った。「もし、あなたが嫌でなかったら、ですけれど」

「嫌ではありませんが、でも、できれば、一人でいたいです」

「わかった。それがいいわ」

彼女を見ていると、どうしてこの人は、こんなに優しい顔を自由に作れるのだろう、と僕はいつも思う。

6

天気は昨日と同じ薄曇り。風はなく、寒くはない。僕は飛行場の敷地の中でランニングをした。人が沢山いそうな方へは近づかないようにして、滑走路を横に見ながら、裏ゲートの方へ行き、そこを過ぎたところで、小さな水路に架かった橋を渡った。照明灯がまだ先に見えた。旅客機を離発着させるためには、こんなに広大な敷地が必要なのだ。

茶色に枯れかかった背の低い雑草が、あたり一面を覆っている場所まで来た。道がなくなったため、草の中へ足を踏み入れる。もう走ることはできなかったので、足許に注意しながら進んだ。ようやく、二メートルほどの高さの鉄柵が近づいてくる。その上にはさらに、外側に傾斜した有刺鉄線のガードがあった。柵の外側には、畑ばかり。そのずっと向こうには住宅らしい家屋が並んでいた。道路もあったけれど、車は通っていない。都会といえども、まだこんなところもあるのか、と僕は思った。でも、飛行場の近くということで、きっと高い建物が造れない決まりなのだろう。

柵に沿って少し歩くと、コンクリートの基礎が地面から露出している部分があった。下に排水路でもあるのだろうか。ちょうど良い高さだったので、僕はそこに腰掛けて休むことにした。鉄柵から三メートルほど離れている。

背後から音が近づいてくる。振り返ると、巨大な旅客機が浮かんでいた。フラップをいっぱいに下げ、ゆっくりと滑走路に進入しようとしている。僕はコンクリートの上に仰向けに寝そべって、飛行機が真上を通過するのを待った。

通り過ぎていく。

空気がそのあと、僅かに震えた。

旅客機は、高度を下げ、車輪を地面に着ける。どんどん遠くへ離れていった。まるで列車が通過したときみたいな感じだった。地下鉄の駅にいるみたいな。でも、あれには乗りたくはないと思った。そうだ、地下鉄と同じだ。乗ったら、きっとほとんど同じ感じだろう。

もし、パイロットを辞めたら、どうしよう。

辞めなければならないときが、あるいは来るかもしれない。

今まで、一度も考えなかったことだ。

生きて辞めることがあるなんて、想像できなかった。

だけど、小さい頃の僕には、いろいろな夢があったはずだ。遠い国へ行って、ジャングルの中を探検したいと思ったこともある。砂漠をオートバイで走り抜けたいと思ったこともある。でも、それは生活ではない。どうやって生きていけば良いだろう。何ができるだろう。

もう少し大きくなって、きっと将来は工場で働くことになるだろう、と想像した。毎日、同じものを組み立てる。少しだけれど楽しそうな気がした。でも、そんな楽しい仕事なんてあるだろうか。給料をもらって、夕方には家路につく。電車に乗って、人混みの中を歩かなくてはならない。知らない人間がすぐ近くにいて、躰と躰が触れ合うほど接近しても、素知らぬ顔をしていなければならない。都会というのは、そういうところだ。人間たちが吐く息で、地下鉄の中はどうしようもなく濁っている。一度だけ乗ったとき、その空気が僕には耐えられなかった。酸素マスクを着けなければ、僕は生きていられないだろう。いろいろな匂いがする。匂いが多すぎるのだ。それに比べたら、今はエンジンの排気だけ。こんなシンプルなものはない。誘うように甘い匂いだけだ。

今も、微かにその匂いがしていた。都会ではあっても、ここは飛行場。だからこそ、僕はまだ生きていられる。

目を瞑った。

エンジンの整備のことで、まだ落ち着かなかった。大丈夫だろうか。自分の躰を触られているような不快さ。けれど、彼らだって、良かれと考えてやっていることなのだ。追い払うわけにもいかない。

そうか、地上の近くで、ダンスを踊れということなんだ。そういわれてみれば、萱場のオフィスから窓の外を見たとき、たしかに僕は風景を見下ろした。空を見上げはしなかった。ビルの谷間を眺めていたではないか。地上に生まれた人間なのだから、どんなに汚れていても、地面の近くが懐かしいのだろうか。

ふと思い出した。

僕の躰から生まれようとした生命のことを。

昨夜、ティーチャはなにも言わなかった。

僕もなにも言わなかった。

そんなこと、頭を過ぎることさえなかった。ただ、彼と空でもう一度逢える、という興奮、その嬉しさだけだった。

良かった。なにも言わなくて、そして、なにも言われなくて。つまらないことだ。つまらないことなのに、何故、今そんなことを思い出して、こんなに考えようとしているのだろう。どうして気になるのだろう。たぶん、地面から離れられない、という理由と同じような気がする。どこから生まれたのか、ということが、どうしても人間につき纏うのだ。いくら空を飛べたからといっても、空で生まれた者はいない。鳥だって、卵は地上で孵るのだから。

幾つかのイメージがあった。僕はその新しい生命をこの目で見たわけではない。見てしまったら、もう駄目かもしれない。見たら、それを認めざるをえなくなる。でも、今はただの言葉でしかない。単なる想像でしかないのだ。だから、あやふやなイメージが思い浮かんでも、それを一笑して拭い去ることができる。ワイパみたいに一瞬で。自分の周囲に纏いつくものを一掃して、クリアにして……。

僕には見なければならないものがある。

それは、襲いかかる敵機だ。

それを頭に思い浮かべさえすれば、
即座にすべてを忘れることができる。
そう、これこそが、
飛ぶ者の機能、
飛ぶ者だけに与えられた特典。
たちまち鼓動は加速し、神経は集中し。
機影を自分の真っ直ぐ先に見る。
いつでも見える。
瞬きをしない。
それを追いかける。
相手が動いた方向へ自分も傾いていく。
回転していく。
馴染んでいく。
風のように近づき、
稲妻のように狙い、
そして、撃つ。
自分の精神から直接飛び出したような弾丸が。

その一筋の、一瞬の輝きの中に、
僕は、希望を見る。
すべての希望を見る。
風のように舞い、
稲妻のように踊り、
そして、翻る。
離脱。
滑空。
風のように躱し、
稲妻のように潜り、
そして、抜けていく。
煙。
雲。
虹。
風のように軽く、
稲妻のように停まらず、
そして、流れる。

そのときを、
その一瞬を、
その僅かなチャンスを、
想うだけで、生きている、と感じる。
死んでもいい。
死ぬことなど、なんでもない。
死ぬために、生きているのだ。
恐いものなどない。
さあ、みんな、僕に向かってこい。
墜としてやる。
綺麗に、墜としてあげる。
美しく……。
最後には、光を見る。誰だって、美しいと思うだろう。
人間の尊厳が、その光の中にあるからだ。
地上にはない。
その輝きは地上にはない。
地上では、死んでいる者たちが、死ぬことを恐れ、雲に覆われた灰色の空しか見ていない。
希望はない。
死んでいる者たちは、綺麗に死ぬことができないからだ。
そうか……。
僕は、空で死ぬことを望んでいるのだ。
今、それに気がついた。
雲の上にある天国へ、墜ちていけば良い。簡単だ。
だから、こんなに戦いたいのか、草薙水素。
きっと、そうだ。
お前は、もう生きていたくない。
違うか?
違わない。
しかし……、
それでもやはり、
最後は地上へ戻ってくるだろう。
ちゃんと滑走路に降り立つ。
何故だろう?

雲を通り抜けて地面まで墜ちてしまうのが、恐いからか?

たぶん、そんなところだ。

それに、地上にだって多少の光はある。嫌な奴ばかりでもないし。ときどき楽しいことだってある。結局は、そういった、まだなにか知らないものがあるかもしれない、というほんのささやかな好奇心だろうか。

目を開けた。

空が眩しい。

曇っているのに。こんなに灰色なのに。眩しいと感じることができるのだ。目を瞑っていさえすれば、なんだって眩しくなる。結局は、そういうふうにして、大して美しくもないものを美しく見ようと努力する。そうやって生きているのが人間ってことか。

立ち上がって、戻ることにした。既に正午は回っている。テントへ戻ろう。飛行機の整備の具合をもう一度確かめよう。否、そんなことをしたら、またいらいらしてしまうにきまっている。このままホテルへ戻って、昼寝をした方が良いか。でも、夜、寝られなくなるかもしれない。かといって、どこかへ出かけていくのも億劫。人混みは嫌だ。

帰りも僕は走った。

テントに到着したときには、少しだけ汗をかいていた。整備は続いていて、まだエンジンは剝き出しだった。整備工は二人。僕の方を見た。緊張している顔だった。僕はなにも言わないで、事務室に入ってドアを閉めた。誰もいなかった。

ソファに寝転がり、肘掛けに頭をのせる。蛍光灯が近いので目を瞑った。

躰が遠くへ行ってしまった感覚。

やっぱり、少し眠ろう、と思う。僕は帽子を目の上へずらして、そこで眠ることにした。ときどき、整備の小さな金属音が聞こえてくる。多発の旅客機が離陸するときの轟音も。でも、静かだ。僕の周囲だけは、静かだった。

7

一時間ほど眠れた。夢も見なかった。それから、空港のロビィの方へ出かけていき、本を買ってきた。普段着で帽子を被っていたから、誰かに呼び止められることもなかった。さっさと引き上げてきて、事務室のソファで本を読んだ。

大きな音がするごとに、立ち上がって整備の様子を窺った。飛行機が叩かれているような、虐められているような気がして、落ち着かない。何度も時計を見た。明日まで、あと何時間、と計算をする。

夕食は、甲斐の申し出を断ったから、一人で食べなくてはいけない。ホテルへ戻って、自分の部屋で食べよう、と考える。他人が近くにいるところは避けたい。

そうか……。

これが草薙水素の最後の夕食になるかもしれない、と甲斐は考えたのだ。それだから、礼儀として誘ったのか。僕は少し可笑しくなって小さく吹き出した。だったら、断らなければ良かったかもしれない。

最後の夕食になるかもしれないなんて感覚は、僕たちには日常茶飯事だ。それは、本来ならばすべての人間が意識しなければならないことなのに、何故かみんな忘れていられるだけのこと。それとも、確率の問題だろうか。僕が言った五分五分という数字を甲斐は気にしているのかもしれないな、とも考えて、ますます可笑しくなった。

基地に帰りたい、と少しだけ思う。

あまり深いつき合いはないけれど、でも、やはり顔見知りの仲間がそこにはいる。食堂の老婆の顔も思い浮かんだ。懐かしい。

「クサナギ」背後で声がする。

僕は振り返った。

「たまらんよなあ」笹倉が部屋の中に入ってきた。「急な出張で来てみたら、民間の飛行場じゃないか。こんなろくな設備もないところで……」

僕は立ち上がって、彼に飛びついた。

「こら」笹倉が後退する。「おい、変なことするな。誤解されるぞ。どうしたんだよ」

「悪い悪い」僕はすぐに離れた。「よく来たね」

「だから、来たくて来たんじゃない。上からの命令だって」

「へえ、僕の飛行機のために？」

「そうらしい」

「助かった」僕はこのとき笑ったと思う。

「珍しいな。そんなに嬉しいか？」

「うん」僕は正直に頷いた。そして、彼に顔を近づける。

「な、何だよ」

「ちょっと、耳を貸して」

「え？」

僕は笹倉の耳もとで囁いた。

「明日、ティーチャと戦うんだ」

「は？」笹倉は、驚きの顔で僕を睨んだ。「本当に？」

僕は頷く。口は笑おうとしていた。嬉しさが隠しきれない。

でも、何故か笹倉は笑わなかった。

彼は一度視線を落とし、僕の靴を見たようだった。僕もつられて自分の靴を見た。いつものスニーカだ。笹倉は視線を上げて、真面目な表情で僕を見据えた。そして、無言で頷くのだ。

「頼むよ」僕は明るく言った。「なんかさ、ニードルあたりを触られている。混合比を変えるって、そんなの回してみないとわからないじゃないか。違う？」

「わかった」彼は小声で答える。音のない、息だけの声だった。

「あ、そうだ。良かったら、どこかで食事を一緒にしない？」僕は思いついて誘った。僕にしてみたら、最上級に珍しいことだったかもしれない。突然現れた友人のせいで、ハイになっていたのだろう。

「うん……」笹倉は頷く。「いや、でも、そんな時間はないよ。すぐにエンジンを見る」

「ああ、そうか、そうだね……」

「ごめん」

「じゃあさ、なにか買ってくるよ、食べるものを。ここで食べよう」

「ああ」彼は頷いた。全然笑わない。怒っているみたいな顔だ。

「何がいい？」

「なんでもいい」

それ以上尋ねなかった。

そのあと、三秒ほど僕は彼の顔を見ていた。笹倉も、じっと僕を見つめてから、視線を逸らした。

「頼んだよ」僕は言う。

「任せておけって」笹倉は戸口で振り返って頷いた。そのとき、ようやく白い歯が見えたから、僕もそれで安心した。

笹倉はドアから出ていった。

僕が上着を着てから出ていくと、飛行機の前で、整備工二人と笹倉が話をしていた。それを横に眺めながら、僕はテントから外へ。空港ロビィの方へ行こうか、それとも裏門の方へ行こうか迷う。ロビィに行けば、ファーストフードがありそうだったけれど、きっとありきたりのものばかりにちがいない。時間は充分にあるのだから、少し探してみようと考えて、裏門へ向かって歩くことにした。空は相変わらずミルクのようにどんよりと濁っていて、西の空にだけほんの少し明るいところが見えた。

裏門の守衛小屋の窓から覗き込んだ。中にいた男が僕を見て、慌てて出てくると、ゲートを開けようとした。

「ちょっとお伺いしたいんですけれど、この近くで、美味しくて、持ち帰れるもの、どこかで買えませんか?」

守衛は、小屋の中にいるもう一人の顔を見た。

「弁当? どんなものですか」受付の窓から顔を出している守衛がきいた。

「なんでも良いです」

二箇所、店の場所を教えてくれた。彼らがよく利用する店らしい。電話をかけて持ってこさせれば良い、と言われたけれど、見てから決めようと思ったし、少し歩きたい気分だったから、店まで出向くことにする。

「お気をつけて」外に出てきた方の守衛が、僕にそう言って頭を下げた。

ゲートを出て車道を渡り、少し歩いたところで、呼び止められた。振り返ると、ワゴン車のドアが開いて、中から見たことのある顔の男が出てくる。

「どちらへ？」彼は尋ねた。慌てている様子だ。

病院の屋上で会った男だった。記者会見のときに質問をした記者。テレビか新聞か、どちらかは忘れてしまった。

「ちょっと買いものに」

「あ、あの」彼は僕のすぐ横まで来た。「お供してよろしいですか？　このあたり、物騒ですから、一人で歩かれない方が良いかと思います」

「写真は撮らないで下さい」自動車にもう一人乗っていたので、僕はそちらを見て言った。

「はい、わかりました」男は頷く。「ご心配なく」

しかたなく、この男と歩くことになった。茶色のブレザを着ていて、髪は短い。上着のポケットに両手を突っ込んでいた。レコーダを操作しているのかもしれない。

「これからのご予定は？」彼は質問する。

「いえ、わかりません」

「オフレコにしますから、本当のところを教えて下さい。我々も、だいたいのことは知っているんですけど」

「何をご存じなんですか？」

「明日、空中戦がある、という噂が流れています」

「空中戦？」

「ええ……、テレビ局は撮影のための準備をしていますよ。そのために、中尉がこちらへいらっしゃったのでしょう？　敵機がこんなところまで来るわけですか？」

「さあ……」僕は歩きながら彼の方を見た。「しかし、敵機が来るとしたら、悠長なものですね。皆さん、逃げなくて良いのですか？」

「つまり、規模が小さいわけでしょう？」

「いえ、知りません」

「テロに比べたら、ずっと安心ですよ」

「安心？」

「いえ、市民の声を代弁したまでです。失礼だったら、謝ります。でも、まるで見せものではありませんか？　ご自分の立場を、どう思われますか？」

「少なくとも、自分にとっては見せものではありません」

「はい、もちろん、そう、それは理解しています。命を懸けて飛ばれているわけですから、その姿勢を否定するつもりはまったくないのです。ただですね、国民を誘導しようといった政治的なものに利用されているのは、残念ながら確かだと思えます。あの、これは、私個人の意見ですよ。でも、どうか聞いて下さい」

「あまり聞きたくないなあ」僕は少しおどけて言った。

「中尉、真面目な話です。どうか、少しだけ聞いていただけませんか。一部の特別な人間だけに戦わせて、それによって民衆の捌け口を用意する。そうしたうえで、今の平和が築かれているんです。あるときは、戦うことに反発するエネルギィを、その一箇所に集める。しかも、それは政治の枠組みの外にある。上手いやり方です。あるいは逆に、戦う者に感情移入させることで、反社会的な破壊行為への動機を抑制できる。誰が考えたのか知りませんけれど、つまりは、大昔からどの文明でも行われてきた戦いを実質的最小限にして、しかもそれが生み出すメリットだけは掬い取る、というやり方なんですよ。そうした中でキーになっているのが、つまり、キルドレです」

僕は黙って歩いた。そんな話を聞きたくもなかった。だけど、彼を追い払おうとも思わなかった。この人間は少なくとも一所懸命になっている。誠実だ、ということがなんとなくわかったからだ。こんな話を僕にしたところで、どうなるというのだろう？　無駄だとわかっているのに、なにかを伝えようとしている。その点を、評価すべきではないか。そんなふうに考えたのだ。たぶん、それだけ、今の僕の気持ちが穏やかだったからだろう。明日の大きな戦闘を控えていたせいで、僕の気持ちは、そちら方面では鈍くなっていたのにちがいない。だから不思議なくらい落ち着いて、彼の様子を観察することができたのだ。

「もしも同じ人間だったら、きっと批判が集まったでしょう。それが、タイミング良く、偶然に我々の前に現れた。歳をとらない人間が。死なない人間が」

「それは正確ではない」僕は口を挟んだ。口調は優しく、ソフトに。少し微笑んでみせても良かったかもしれない。それくらい余裕があった。「死にますよ。もう何人も死んでいる」

「ええ、しかし、社会の大勢が抱いている印象は、それに近いものなのです。もちろん、私はそうは思っていません。どんな種族であれ、どんな状態であれ、同じ人間です。しかし、私が言いたいのはですね、あなたのような、あなたたちのような、純粋な人間が、政治に利用されている、会社の利益と呼ばれるもののために利用されている、そして、尊い命が安易に失われている、という事実なのです。誰かが言わなくてはいけない。これは変です。尋常じゃない」彼は首をふった。「そう考えている人間は沢山いますよ。でも、誰も言い出せない。実質的には報道規制といえるようなぎりぎりの圧力も確かにあるんです。それでも、大衆は騙されているんじゃない。ただ、自分たちの血は流れない、安心できる戦争に酔いしれている。勝っても負けても、影響のない戦争を、スポーツのように観戦している。競技場はないし、もちろん、テレビで詳細に放映されるわけではない。ほんの一部だけが、映像として公開され、ときどき眉を顰めて、世界のどこかではまだ戦争が続いているのだって、思い出すだけなんですよ。今回のことだって、まちがいなくそうでしょう。このあたりで少々、身近に感じさせよう、というデモンストレーションなのです。完全に、次の総選挙を見越しての政治的なスタンドプレィじゃありませんか。見え見えです。それくらい、ご存じですよね？ どうお考えですか？ いえ、けっして、あの、コメントを求めているわけではありません。僕は、もう、そんなことでお話ししているんじゃない。病院であなたに初めて会ったとき、決心したんです。記事が書きたいわけじゃないんです」

彼はポケットから手を出した。小さなレコーダを持った右手。彼は手を広げてそれを僕に見せてから、後ろに向かって放り投げた。僕は立ち止まる。レコーダがアスファルトに墜ちて、跳ね上がり、転がった。蓋が外れ、カセットが飛び出す。比嘉澤の散香が墜ちたときのようだった。

彼を見る。興奮しているみたいだった。話しているうちに、血が頭に上ったのだろう。

僕は表情を変えずに、じっと待った。目的の店は、すぐそこのはず。僕はそちらを一度だけ眺める。それから、腕時計を見た。

「すみません」彼は謝った。そして深呼吸をするように溜息をつく。「つい、調子に乗ってしまった……。でも……」

僕は無言で頷き、黙って歩き始める。

男はまだついてきた。でも、もう話すのをやめた。話しても無駄だと気づいたのだろう。

ピザの店を見つける。派手な看板が光っていた。店内に入り、カウンタで注文をする。メニューは多くはなかった。サラダと飲みものをまとめて頼んだ。店の中には客が三組くらい。思ったよりも奥まであって、広かった。待っている間、僕は入口の横のベンチに腰掛けて煙草を吸った。記者の彼は、すぐ近くで立っていた。ときどき顔を見上げると、こちらを見て頷く。

「話してもいいよ」僕は彼に言ってやった。「聞くだけなら簡単だ」

「いえ、言いたいことは、もう言いましたから」彼はひきつった笑いを浮かべる。

「じゃあさ、ほかに何の用が残っている？」煙を吐いて、僕は尋ねる。

「ボディガードが」彼は手を広げて答えた。

なるほど、そういうつもりなんだ。摩訶不思議な自意識だと思ったけれど、とやかくいう筋合いでもない。

外を見た。路地は暗い。物騒な雰囲気はたしかにある。けれど、本当に物騒だとしたら、この男一人が一緒でも安全性はほとんど変わらないのではないか。僕は銃を持っていない。彼は持っているだろうか。

ピザは十分ほどでできた。箱と袋に入れてもらい、それを持って外へ出る。彼が荷物を持つと言ったけれど、僕は渡さなかった。

しばらく無言で歩く。

この近くは車も少ない。

飛行機の音だけがときどき聞こえる。

それ以外はとても静かだ。

「きっと、飛行機に乗ると、楽しいんでしょうね?」彼が呟くように言った。

「飛行機に乗ったことは?」

「旅客機ならありますけど、でも、全然違うでしょうね。僕は駄目ですよ。ジェットコースタだって酔ってしまう」

「あんなに酷くはないよ」僕は笑う振りをして言った。「ジェットコースタの方がずっと酷い。僕も一度だけ乗ったけれど、とても我慢ができなかった」

「へえ、そんなものですか」

「当たり前だよ。レールがあるから、あんな無理ができる。飛行機にはレールがない。どこにも触っていない。周りには空気しかないんだからね。無理な加速度はかからない。空気のクッションに囲まれているようなものなんだ」

「はあ……」彼は頷いた。「それじゃあ一度、誰かに乗せてもらいますよ。曲技飛行機が良いかな」

「うん」

「楽しいかもしれませんね」

「楽しいと思うよ」

来たときと同じ道なのに、話題は反転していた。同じ道を同じ人間が歩いて、同じ気持ちを持っていて、きっと伝えたいことも、言いたいことも同じなのに、言葉がこんなに違うなんて、本当に不思議だと僕は考えた。

最初のワゴンのところまで戻ってきた。彼は車に乗るのかと思ったら、そのまま通り過ぎる。車の中にまだ仲間がいたようだ。

「どこまで来るつもり？」

「そこのゲートまで」

「いいよ、ここで」

「そうですか」

「ありがとう」僕は頭を下げた。

「え、何がです？」

「ボディガード」

「ああ……」彼は苦笑いをした。それから、だんだん笑うのをやめて僕をじっと見つめる。

「中尉、また……、お会いできるでしょうか？」

「さあ」僕は首をふった。

「いつでも、お話しになりたいことがもしあったら、呼んで下さい」彼はポケットから名刺を取り出した。僕はそれを受け取る。名前は杣中（ソマナカ）というらしい。このまえのときにも名刺を出していたが、それは甲斐のポケットに収まったまま、僕には知らされなかった。

「話す気にはならないと思うけれど」僕は言った。

「いつまでも待ちます。いつか、あなたが、あなたを取り巻く仕組みに疑問を持ったり、憤りを感じたり、そんなことがあったら、是非呼んで下さい。個人の力ではどうにもならないものが、あるいは、もしかして、報われることがあるかもしれません」

どういう意味だろう、と僕は少し考えた。

鬱憤を晴らすために、マスコミを利用して内部告発する、というようなことだろうか。そんな事態になるとはとうてい思えなかった。

彼は頭を下げた。良い奴かもしれないな、と少し思って、手を振って別れた。ゲートを開けてもらい、守衛たちにも礼を言ってから、テントの方へ向かって暗い小径を一人で歩く。

普通だったら、きっとあんな男と一緒に歩いたりしなかったにちがいない。話を聞いてやることもなかったはず。それが、なんとなく自然に受け入れることができたのは、僕自身が安定しているからだ。明日、ティーチャと戦えるという幸せか、それとも、笹倉が来てくれた安心からか、いずれにしても、今夜の僕は調子が良い。人間として調子が良い、ということだろう。いつまでも続くものとは思えないけれど、でも、こういう状態を、優しい、と表現するのではないだろうか。基地の食堂の老婆が、僕が知っているうちでは一番優しい。歳を重ねると優しくなれるのかもしれない。そうじゃないかもしれない。それはわからない。どちらでもいい。今はただ、全部が綺麗に見える。すべてが綺麗に僕の周辺にある。そういうこと。

明日死ねたら、とても幸せだと思った。

滑走路は見えないけれど、アプローチ付近で眩しいライトを輝かせて、四発の轟音とともに旅客機が優しく綺麗に降りてくるところだった。

8

テントの中の事務室で、僕はピザを食べた。笹倉と一緒に食べようと思ったのだけれど、彼はエンジンの調整に没頭していて、「そこに置いといてくれ」なんて言うのだ。彼の分を取り分けて置いてやったのに、僕が見ている間、彼は食べなかった。まったく、ひねくれた人間だ。

ホテルに戻ってシャワーを浴びてベッドで休むか、それとも、飛行機のすぐそば、つまりここにいてソファで寝るか、という選択。僕はそれを煙草を吸いながらひたすら考えた。

ホテルへ戻るのは往復のタクシーが億劫だ。でもシャワーがある。一方、ここに泊まれば、シャワーはないかわりに、もしかしたらコクピットで寝られるかもしれない。今は、知らない整備工がいるから気が引けるけれど、きっともうすぐ引き上げていくだろう。笹倉だけになったら、それができる。毛布は事務室にあったから、コクピットで眠るにはこれで充分だ。

読みかけの本があったから、ソファにのって、それを広げていたら、ドアが開いて甲斐が入ってきた。

「食事は?」彼女はそう尋ねてから、テーブルの上に残っているピザ、サラダ、それにソーダを見た。「食べたみたいね」

「はい」僕は、足を下ろして、姿勢を正した。

「ホテルに帰らないの?」

「まだ決めていません」

「体調は?」

「良好です」

「少し、いい?」甲斐はきいた。

「はい、もちろん」

彼女は僕の向かい側のソファに座った。いつものように脚を組み、バッグから煙草を取り出して優雅な動作で火をつけた。

「もしかしたら、明日じゃないかもしれない」甲斐は煙を吐き出してから言った。

「え？」僕は首を捻った。彼女の言っていることが理解できなかった。「どうしてですか？」

「何故？」

「天気」甲斐は答える。また細く煙を吐く。「雨が降ったら、延期になる」

「雲の下って、そういうところなの」

「雲の下でなければならないのですか？」

「企画書を読まなかったの？」

「読みました。でも、一旦戦闘になれば、そんな、場所なんかに拘(こだわ)ってはいられません」

「あなたが拘らなくても、向こうは拘るかもしれない」

「どうしてですか？」

「向こうの機体は、低空の方が有利かもしれないでしょう？」

「そんなはずはありません」

「見ている方だって、雨では困るし」

僕は、そこでようやく意味がわかった。ついさっき、杣中という記者が話していたことが頭を過ぎったからだ。

「そういうことですか」

「君が気にすることではない。雨の中よりは、晴れていた方が良いでしょう?」

「もちろんです」

「だったら、それで良いじゃない」

「はい」僕は頷いた。ただ、明日だと思っているものが、明後日に延びるのが嫌なだけだった。

「飛行機の方は、どうなの?」甲斐が別の質問をした。

「あ、ササクラを呼んでくれたのですね」僕は顔を上げる。「どうもありがとうございます」

「私にできることなら、なんでもするわ。私はね……」甲斐は目を細め、顎を少し上げる。自信に満ち溢れた顔だった。「クサナギ・スイトに懸けているのよ」

episode 4: low pass

第4話 ローパス

『ところで死は? どこにいるのだ?』

古くから馴染みになっている死の恐怖をさがしたが、見つからなかった。いったいどこにいるのだ? 死とはなんだ? 恐怖はまるでなかった。なぜなら、死がなかったからである。

死の代わりに光があった。

「ああ、そうだったのか!」彼は声にたてて言った。「なんという喜びだろう!」

1

翌日は、小雨の降る暗い天気だった。まるで、空に沢山のナメクジが集まったみたいに雲が重そうで、どろどろと畝っていた。あまり、こんな空を見たことがない。基地にいるときは、曇りや雨の日に空を見上げることなんてなかったせいだろうか。それとも、これは都会にしか現れない空だろうか。

朝の八時頃に、作戦が明日以降に延期になったという正式な知らせがあった。それで、僕は一旦ホテルへ戻ることにした。タクシーを呼んでもらい、テントの前までそれが迎えにきた。後部座席に乗って揺られているうちに眠ってしまい、到着したときには、運転手に起こされた。

部屋に戻ると、まずシャワーを浴びて、そのあと煙草を吸おうと思っていたのに、そのままベッドで眠ってしまった。目が覚めたときには、昼頃だった。躰の空気が抜けてしまったのか、どうにも緊張感がない。半分くらい細胞が死んでいるのではないかと思ったくらいだ。本を読もうとしても文字が頭に入らないし、テレビをつけてニュースを見ていたけれど、僕には無関係な、とんでもなく遠い話題ばかりだった。遠いというのは、距離のことではない。たとえば、月の話をしてくれたら、僕にだってわかったと思う。月は遠いけれど、身近なものだ。

腹も空かない。昼を回った頃、電話がかかってきた。きっと、甲斐からにちがいないと思って受話器を取った。

「はい、クサナギです」

「あ、俺、ササクラ。どう？　調子は」

「べつに……」僕は答える。「何？　どうしたの？」

「エンジンが仮にだけれど、一応仕上がったから、試運転をしないか？」

「地上で？」

「いや、上がってもらわないと、駄目だ」

「許可が下りる？」

「甲斐という人に話したら、なんとかするって言ってたよ」

「わかった、すぐに行く」

服を着て、部屋から飛び出した。エレベータを待っているとき、三回も「よし」と呟いていた。

ホテルの前からタクシーに乗り、また飛行場へ戻る。僕は身を乗り出して、車が走る先を見ていた。

「そっちじゃなくて、裏口です。ここをたぶん、左だと思う」

「裏口っていうのがあるんですか……」信号待ちになったとき、運転手は不思議そうに振り返って僕を見た。「裏口から入れるんですか？」

「普通の人は入れないかもしれません」僕は答える。自分は普通じゃない、とわかって少し可笑しかった。

守衛にゲートを開けてもらい、そのあとも車を誘導した。テントの前でタクシーは停車し、僕は金を支払う。

「何なんですか？　これは」運転手は、テントを眺めて尋ねた。

「さあ、僕もよくわからなくて」嘘をついて、作り笑いを浮かべておつりを受け取った。

車から降り、タクシーが見えなくなるまで待ってから、テントの中へ入った。

笹倉が事務所の戸口のステップに座って、ウエスで工具を拭っていた。彼がそれをしているのは、作業が一段落したときだ。ほかには誰もいなかった。

「許可は下りた？」僕は笹倉の方へ歩いていく。

「まだ」笹倉は首をふった。「でも、下りると思う。たぶん、滑走路を空ける算段をしているんじゃないかな」

「そんなの必要ないのに。滑走路が駄目なら、ここの前の道だって充分だよ。空母に比べたら簡単だ」

「無理だよ。風がない」

それは笹倉の言うとおりだった。でも、旅客機が離陸する間に、さっと飛んでしまうことは難しくない。しかし、きっと決まりがあるのだろう。滑走路の線上に二機以上が同時に存在してはいけないとか、離発着のインターバルは最低何分必要だとか。

「混合比を変えた？」僕は尋ねる。

「変えた」笹倉は答える。「だから、飛んだ方がいい」

「わかった」

「今日は雨だから、だいぶ違うとは思う。雲の上の話じゃない。低空で試さないとわからない」

「低空なんて、飛べるかな」

「湖の上しかないな」

「湖か……」近くにそれがあることは、地図では認識していたけれど、実際に見たわけではない。来るときは、逆の方から飛んできたから、遠くにそれらしいものがぼんやりとあった気もする。この近辺では、空気が澄み渡ることはないのかもしれない。

「それから、三十五キロくらい軽くした」

「え？　何を？」

「あちこち」

「たとえば、どこを？」

「気にするな。軽くなったんだ、文句はないだろう」

「そんなわけにいかない。三十五キロも減らせるはずがない」僕は早口になっていただろう。「外したものがあるんだったら、教えてもらわないと、恐くて飛べないよ」

「恐くて飛べない？」笹倉は白い歯を見せて笑った。「クサナギが、恐くて飛べないだって？」

「茶化すな」僕は彼に一歩近づいた。「どこだ？」

「一番大きいのは、タイヤだ」

「タイヤ？」僕は振り返って、飛行機を見た。

「小さくて、薄いものに替えた」笹倉は説明する。「だから、絶対にここへ戻ってこい。道路とか、不時着したら、脚を折るぞ」

僕は飛行機の翼の下に入った。ギアを見る。タイヤはたしかに新品の小さなものが付いている。頼りなさそうな感じだ。

「それだけで十キロ近く軽くできた。あと、ギアのアブソーバも小さいのに替えた。ここの滑走路限定仕様だ」

「あとは？　まだ十キロだ。あとの二十五キロは？」

「酸素供給とヒータだ」笹倉は言った。

「え？」

「取り外した」

「どうして？」

「高く上がる必要がない」

「馬鹿な！」僕は叫んだ。

「だから、これは、明日だけのためなんだって」

「違う。それは違う」

「違わない」

「絶対に違う。間違っている」

「軽くなった方が有利だ。ただでさえ、プッシャのハンディがある。低速における姿勢コントロールは、はっきり言って、向こうの方が上だ」

「そんなことあるか」僕は言った。

「いや、低空の接近戦では、データ的にそれは事実だ」

「事実だとしても……」僕は言い返そうとして、言葉を探した。

「大丈夫、勝ち目がないと言っているんじゃない。パワーも向こうが上だ。旋回性、失速時のコントロール性も上だ。ただ、散香は軽い」

「もともと軽い」

「低速水平時の加速度は、僅かにこちらが上回る。上昇になれば、もちろんずば抜けている」

「そうさ、だから高く上がるんだよ」

「ループも小さい。これは、左右に障害物があるときの上下の運動には有利だ」

「左右に障害物？」

「ビルだよ」

「そんな低空で？　馬鹿馬鹿しい」

「よく聞け、クサナギ」笹倉は言う。「相手は、低空戦に持ち込もうとしている。散香が上がりたがると考えている。その頭があるから、一瞬の判断で絶対にそうイメージするはずだ。だからその逆に、下へ回り込むんだ。低く飛ぶんだ。障害物を利用して」

「できるわけがない」

「フラップは三割強、舵角を増した。干渉する部品を削るのに三時間もかかった。これでブレーキがきく。エルロンと併用しろ。軽いから減速も早い。この利点は大きいと思う」

僕は黙って頷いた。笹倉の言葉に集中しようと思ったからだ。彼が言っていることは、正しいかもしれない。

「エンジンの音をよく聞け。乾いた音か、湿った音か、それを聞き分けてくれ。低空では、きっと湿った音になる。酸素濃度が高いからだ。都会の空気なんて汚れているけれど、それでも雲の上よりは酸素が多い。ニードルを調整する必要がある。いつもはやらない範囲だ」

「いや、空母の演習でやったよ。フル・パワーで離陸するときに」

「そうそう、あれと同じだ」

「わかった」

「絞るんだぞ」

「わかってるよ」

「最終調整は、一度飛んだあとにしたい。今は、当てずっぽうで仮に決めてある。今日の天気は、散香にとっては恵みの雨だ。調整さえすれば、互角の性能に近づけられる」

「うん」僕は頷いた。

「雲より上にいられるのは……、どうかな、五分くらいかな」

「息が苦しくなる?」

「寒くなる」

「ああ、まえに一度、ヒータが故障したことがある。あれかぁ……。二度とご免だな」

車が止まる音が聞こえ、しばらくして甲斐が入ってきた。

「飛べますか?」僕はすぐに尋ねた。

甲斐は頷く。そして時計を見た。

「三十分後に」

「了解」僕は頷く。

躰中に一気に血液が流れ始めたように、暖かい感覚が指の先まで浸透した。逆に、皮膚の表面はさっと乾き、機械に同調するためのモードになりつつある。

「ほかの連中は?」甲斐が笹倉にきいた。飛行機を出すために、人数が必要だからだろう。

「食事です。すぐ戻ってくると思います」笹倉が答えた。

僕は翼の上に乗り、コクピットを覗き込む。細かい点検をするためだ。

「気をつけて」甲斐が近づいてきて、僕を下から見上げた。「無理をしないように。笹倉から、変更点は聞いた?」

「はい。大丈夫です」

「これを」彼女は持っていたバインダから、薄いファイル・フォルダを僕に手渡した。地図のようだ。「湖の上を飛ぶ。わかった? 無線はもちろん使うけれど、傍受は簡単だから気をつけて」

「了解」

2

三十分後に予定どおり僕は空へ上がった。滑走路はアスファルトでべたべたした感じだったし、タイヤが真新しくて、奇妙な音を立てた。でも、すぐに離れてしまったから、もう役目はない。エンジンの音はいつもより、ほんの少しだけぐずついている感じがした。騒音にならないように六割くらいのパワーで上がって、旋回して湖の方へ向かった。ハイウェイや住宅地が見える。でも、全体にぼんやりと霞んでいた。雨は霧のように細かくて、風防も濡れているけれど、視界は想像していたほど悪くはなかった。

なによりも、飛んでいることの嬉しさが優位だ。

左右に翼を振る。

少し機首を持ち上げて、ラダーでスリップしてみる。

斜めに風を切る音。

風防を伝う水の模様がそれに応じて変わる。

ゆっくりとロール。

エンジンが暖まってきた。

下は郊外の街か。

幹線道路の両側に大きな店舗、そして工場、その周辺には田畑と住宅、自動車も沢山動いているし、鉄道も見えた。それが真っ直ぐに風景を分けている。

川が近づいてきて、道路と鉄道の鉄橋が並んでいた。その川に沿って、進路を変更。風はほとんどない。ついつい上がりたがる散香をなだめて、低空を飛び続けた。高度は五百五十。上の雲は近い。雨はほとんど止んでいる状態になった。

「どうだい?」笹倉の声がイヤフォンから聞こえた。

「わぁ。びっくり」僕はおどけて答える。空で笹倉の声を聞くことなんて一度もなかった。もの凄く新鮮だ。「良い声だ」

「湖の上まで行けたか?」

「だいたい」

「一度、八百まで上がってみてくれ」

「了解」

エレベータを軽く引いて、雲の中へ入っていった。周囲が白くなって、視界がみるみる悪くなる。けれど、もっと高いところに明るい白い雲が見え始めた。

メータを見て、さらに上昇。

このあたりが天国かな、といつも思う高さだ。きっと天使が隠れているだろう。

さらに上がって、周囲が少し開けてくる。

「OK、だいたい八百」

「ニードルを二段緩めて」

「了解」手を伸ばして操作する。「緩めたよ」

「音をよく聞いて」

「良い声だ。うっとりするよ」

「馬鹿、エンジンだよ」

わかってるよ、ジョークのわからない奴だな。

「いつもの音だ」僕は答える。「さっきより良いね」

「じゃあ、二百まで下りて」

二百？　簡単に言うな。

僕は横転してから、エレベータを引いた。

再び雲の中へ沈んでいく。

周りが見えなくなったところで、背面から正立へ。

主翼で周りの雲を蹴散らそうと思ったのだけれど、手応えはなし。

速度がどんどん上がって、機体が振動し始める。

やがて、曇った地上の空まで下りてきた。

下に湖。どんどん近づいてくる。

高度計を見た。それを見続ける勇気はない。

計器をそこまで信じられるパイロットっているだろうか。

左右に反転し、周囲を見回す。

なにも飛んでいない。旅客機さえいない。風船もアドバルーンも、鳥もいない。うっすらと水蒸気で濁った空気くらいしか、ここにはない。

三百まで下りて、少し傾斜を緩める。左へバンクして、旋回しながら下がった。真っ平らで濃い灰色の水面が鮮明になった。

「OK、二百だ」僕は報告する。

「どうだい？　音は」

しばらくプロペラの音を聞く。

「スロットルはどれくらいだ？」笹倉がきいた。

「今、中スロー」

「もっと吹かして」

「どれくらい？」

「ハイまで」

こんなところで、吹かす理由がないと思ったけれど、左手でスロットルを押し上げる。

機体は瞬時に加速して、突っ走る。斜めに翼を立て、ラダーで後ろを押さえて、機首を持ち上げた。こうでもしないとパワーがもったいない。

エンジンはあまり良い感じではない、ぐずついている。

「駄目だね、ぐずってる」僕は報告した。

「ニードルを一段ずつ絞って」

言われたとおりにした。

「一段絞って、二十秒飛ぶ」

「了解」

「それでも駄目なら、また絞って二十秒飛ぶ」

一段絞っても、ほとんど変化がなかったので、もう一段絞った。

姿勢はずっと同じ、斜めになって真っ直ぐ。

気が狂った飛行機だと思われそうだ。

今度はエンジン音が少し軽くなった。

「ちょっと滑らかになったかな」

「もう一段」

既に絞っていた。僅かに回転が上がった。少し遅れて、さらに乾いた音になる。

「調子良いね。回転が百二十くらい上がった感じ」

「もう一段絞ってくれ」

言われたとおりにする。

さらに回転が上がる。僕は後ろを振り返った。排気を見ようと思ったけれど、なにも見えなかった。失速でもしないかぎり無理だ。

「回転が上がって、調子も上々」

「機首を上へ向けてみろ」

「注文が多いなあ」

翼を水平に戻してから機首を持ち上げる。速度が充分なので、そのまま上昇。たしかに軽い、と感じた。三十五キロの減量が利いているのだ。増槽を付けていないこともある。それとも、ここの空気が濃いから、そう錯覚するのだろうか。

「エンジンの回転は？」

「うーん、特に変化ないよ」

「わかった。じゃあ、ニードルは一つ戻す」

「緩めるんだね？」

「そうだ」

「了解」

理屈はよくわからない。ニードル・コントロールは、エンジンのスロットル部分にリンケージされている。非常にナイーブな部分で、普段は飛行中にパイロットはほとんどこれを触らない。余程、エンジンが止まりそうなときだけ、濃くしたり、薄くしたりして、騙し騙し回転が停まらないように操作するためのものだ。

「ほかには?」

「だいたいわかった。もう少し飛び続けてくれ。できるだけ低いところを」

「これ以上低く飛んだら、泳ぐことになるよ」

「ボートの用意はしてあるそうだ」

「ホントに?」僕は驚いた。

笹倉がジョークを言ったのかと思ったけれど、返答がないところをみると真面目な話らしい。救助艇がいるということか。たしかに、水の中は苦手だ。湖だから、海ほど酷くはないとは思うけれど、あそこに長時間浸かることを想像するだけでぞっとする。

水面を嘗(な)めるように飛んだ。

中スロットルで、ロー・パス。

上昇して、ハイ。

そのままループ。

調子は良い。

この場所は広くて見晴らしが良好だ。水面が迫っていることで、高さの距離感が掴めて、それがまた新鮮だった。こんなに低いところで曲技をする機会なんて滅多にあるものではない。まるでサーカスをしている気分だ。

背面で、もう一度ロー・パス。

そのままゆっくり、エレベータをダウン。

頭上に水面。

機首を空へ向けていく。

ロールしたくなる気持ちを抑えて。

僕の躰をベルトが支えてくれる。頭が引っ張られる。

垂直上昇。

スロットルをハイ。

加速した。凄い！

良い感じだ。

スロットルを一気に絞る。

ニュートラル。

たちまち失速。

左へ倒れる。これはいつものとおり。この機体の癖だ。

落ちていく。

機首を振ったけれど、すぐに止まった。
フラップを用意。速度が乗ったところで出す。
ブレーキがかかった。
いつもの倍は利く感じだ。
スロットルをやや開けて、エレベータを引く。
ラダーで一瞬の制御。
滑らかに水平へ滑り出た。
メータを見る。高度三百。
右ロール。
続いて、左ロール。
止めて、切って、止めて。
OK。
トリムもこれで良い。
軽いな。
今までで一番軽いだろう、きっと。
夢で乗った散香に近い。
「油圧と油温は？」笹倉がきいてきた。

「異常なし。動いてない」

「嘘だろう？」

「嘘。えっと、油温だけ、ちょっと高め」

「わかった。そろそろ戻れ」

着陸時は滑走路の南西側で待機するようにあらかじめ指定されていた。僕は大回りして、そちらへ向かった。

湖から抜け出して、畑や街の上を飛ぶ。高い建物がときどきある。高圧線の鉄塔が一番高いだろうか。しかし、さすがにここまでは届かない。

すぐに指定の場所に到着して、退屈な旋回に入った。回っている間に眠ってしまったら大変だ。

大型旅客機が滑走路へ進入していくのが見えた。この次かな、と思ったら、今度は離陸があるようで、まだ許可は下りなかった。

今、ティーチャはどこにいるのだろう、とふと考える。

彼は、この飛行場ではない場所にいるわけだから、そこから、ここまで飛んでくることになる。どれくらいの距離だろうか。あまり長くは飛べないはずだし、バトルをする時間がその分だけ短くなるのが残念だ。同じ飛行場から同時に飛び立つことができたら最高のコンディションなのに、などと無理なことを考える。

敵と味方という概念が、普通の人たちとは違っているようだ。僕だけが違っているのか……。否、パイロットはみんな、こう考えているはず。

何故なら、

戦っている敵は、地上にいる人間たちよりも、自分に近い。みんな、それくらい知っている。相手を憎んでなどいない。それどころか、尊敬している。味方も敵も、どちらも立派なパイロットなのだ。だから、敵という文字、敵という言葉が、その概念が、根本的なところで、決定的に異なっているだろう。戦う者と戦わない者の違いは、結局はそこにある。

ようやく、着陸の許可が下りた。

僕はわざと少し横から飛行場の手前に接近し、ギアを出してから直前で向きを変えて、滑走路に斜めに進入していった。

すぐにランディング。滑り込んだ感じ。タイヤがいつもよりも硬い。そのままブレーキングして、側道へ入った。滑走路の手前の一割も使っていないだろう。格納庫の位置を知っているからできることだ。

滑走路を明け渡したことの確認を求められ、イエスと答える。テントの前で笹倉と二人の整備工、それに甲斐が、僕と散香を待っていた。

3

散香をテントの中へ引き入れると、笹倉は排気管に付着していたオイルのサンプルを取った。ほかの整備工たちはカウリングを外し始める。笹倉が幾つか僕に質問をした。全部、イエスと答えたような気がする。

飛んでいるときは気分が良かったのに、降りたら途端に憂鬱になった。どうしようもなく躰が重い。ホテルに戻って休みたいと話すと、甲斐がタクシーを呼んでくれて、二人で一緒にホテルまで戻った。車の中でも僕は黙っていた。甲斐もなにも言わなかった。なんて気分屋なんだろう、と自分のことを評価した。

ロビィで別れるとき、甲斐は今夜の食事はどうするか、僕に尋ねた。僕は首をふって、わからない、と答えた。彼女は優しく微笑んで、小さく頷いた。また、そんな時間になったら連絡をする、ホテルから出ない方が良い、と彼女は言った。

エレベータで上がって、自分の部屋まで辿り着く。部屋に入ると、ドアの下に名刺が落ちていた。拾い上げる。記者の杣中のもので、裏に小さな文字で、《可能ならば、電話を》と書かれていた。僕はベッドに座り、まず電話をかけた。

「もしもし、ソマナカです」

「クサナギですけど」

「あ、はい。どうも……、申し訳ありません。恐縮です」

「何ですか?」

「もし可能ならば、今日、ほんの少しでもお会いして、お話をしたいと思ったのですが、可能でしょうか?」

「ごめんなさい。今日は無理です」

「そうですか……」

「残念ですけれど」

「いえ、とんでもありません。どうもありがとうございました。また、ご連絡を差し上げることになるかと思いますが、どうかよろしくお願いいたします」

「はい、生きていれば」

「え?」

「じゃあ、また」

僕は電話を切った。

そして、ベッドに倒れ込んだ。

どうして、こんなに疲れたのだろう。わからない。

飛んでいたのは、ほんの数十分のことだったはず。いつもよりずっと短い。低空にいたからだろうか。たしかに、いつもの、僕が「空」と呼んでいる場所ではなかった。そのせいか。

着ているものもそのまま。

靴も脱がなかった。

僕は眠りに落ちていった。

飛行機に乗っている夢を見た。これでは、まったく休まらない、と夢を見ながら思った。ということは、それが夢だとわかったという意味だ。でも、気がつくと、僕は今よりもずっと小さくて、ほんのまだ子供だった。コクピットに乗って、脚をいっぱいに伸ばしても、ラダーペダルに爪先が届かない。こんなことじゃあ、着陸のときに大変だ、と思った。でも、そう思っているのに、全然焦っていない。ときどき、これは夢なんだと独り言をいったりしている。そのうち、ラダーなんか放っておいて、シートの上に正座して腰を浮かせて外を覗き見た。操縦桿さえ握っていれば、大丈夫だ。

真っ青な空しかなくて、どこに太陽があるのかもわからなかった。翼を傾けてみると、下に真っ白な雲の絨毯。

なんという単純な空。

ほかに飛んでいるものもいない。

「こういうのが、理想なのか」と独り言。

そうかもしれない。

世界に自分一人だけだったら、という空想を、子供のときから僕はよくした。街も自然もそのままで、自分以外の人間が全部消えてしまったら、と考える。それはとても楽しい妄想だった。僕はそういう世界を望んでいる。それは明らかだ。

好きなところへ行って、好きなもので遊べる。本屋か図書館へ行けば、一日本を読んでいられる。食べるものだって、なんとかなるだろう。僕一人を生かすくらいの食品はきっと大丈夫。

街には人間はおろか、犬も猫もいない。

空には鳥もいない。海にももう魚はいない。

生きものは全部消えてしまったのだ。

なのに、どうして自分だけが残ったのだろう、と途中で僕は考える。

つまり、自分は生きものではなかったのか？

そういう結論になるかもしれないな。

だって……、

いつかは死んでしまうのが生きものの定義なのだから。

だけど、

全然悲しいとは思わない。

一人だけの方が、僕には適している。

この方が、自由。

摩擦がない。

周りに、人間が沢山いることが、一番の不自由だった、とわかる。

そのとおり。

のびのびと、ゆっくりと、生きていこう。

そして、死ぬときは、どこか高いところから飛び降りれば良い。墜ちていく間、しばらく本当に空が飛べるだろう。自分の意志で、誰のためでもなく死ねるなんて、こんな幸せはない。

最後はそれだ。

楽しみは最後にとっておかなくては。

いつの間にか、飛行機は消えて、僕は誰もいない街のまん中に立っている。車道には車がいっぱい。でも、どれも動かない。僕は両手を左右に伸ばし、くるくると回りながら歩く。スケートをしているみたいに、軽やかに駆ける。ときどき飛び跳ねて、車のボンネットに乗って、屋根に飛び移り、隣の車へジャンプ。大きな音がしても、かまやしない。路地を走り抜け、ビルの壁に取り付けられた梯子(はしご)を上って、屋上へ出る。いろいろなドアを手当たり次第開けて、いろいろな部屋を覗き見る。カーテンを引っ張ってみたり、オーブンのドアを引いて思い切り閉めたり。

なにもかも面白い。

どこにも、人間がいない。

僕だけだ。

でも……、
一人だと、
きっと飛行機には乗れないだろう。

整備ができない。だから、笹倉だけはいてほしい。笹倉がいれば、乗れるかもしれない。

ああ、でも……、
乗っても、やっぱり退屈だろうな。

何故か、空にだけは、相手がいてほしい気がする。

ティーチャがいてくれたら、
どんなに楽しいだろう。

そんな、都合の良いことばかり……。

僕は笑っている。

鼻歌をうたっても良い。

くるくると回りながら歩く。

誰もいないストリートを。
渋滞する空っぽの車の間を抜けて。
歩きながら、僕はさらに考える。
そう、
なにもいらない。
これだけで良い。
僕だけで良い。
世界もいらない。
全部、消えてしまっても良い。
僕さえも……。
空を見上げる。
僕は立ち止まった。
何だ？
動くものがあった。
僕は眩しい空を見つめる。アドバルーンが上がっていた。
赤い。
風で、それが動いたのだ。

誰が上げたのか……。

ずっと上がっていたのだろうか。

次の瞬間、僕は、その屋上に立っていた。

アドバルーンのロープは、コンクリートの大きなブロックに結びつけられている。ヘリウムガスのボンベが三本。その横には、カラフルなテント。子供が乗る小さなゴーカート。短い線路の機関車。同じところを回るつるつるのヘリコプタ。機関銃が付いた赤い複葉機。小さなメリーゴーラウンド。

メリーゴーラウンドも回っていた。明かりがついている。僕はそちらへ歩いた。

メリーゴーラウンドの向こうに、お城のような建物。作りもので、滑らかな曲線で造形されたおもちゃの城だ。正門が開いている。アーチになった入口。

その奥に、人が一人立っていた。

人形だろう、と思って僕は近づく。

暗いトンネルのよう。

その奥に、立っているのは、彼だった。

「カンナミ？」

彼は微笑んだ。そして頷く。

「どうして、ここにいる？」

「あなたを待っていた、クサナギ・スイト」

「何故、消えなかった？　僕以外の生きものは、全部消えてしまったはずなのに」

「それは、ここが、あなたの夢だから」

「そう、そうだ」僕は頷いた。「夢だ。僕の夢だ。それなのに、何故、君はここにいる？」

「簡単さ」

「簡単？」

僕は彼の手を取った。

冷たい手。

人形みたいに。

僕みたいに。

躰を近づける。

顔を寄せる。

触れるように。

感じるように。

「どうして？」

「どうして、わからない？」

「わからない」

「あなた以外のものは、たしかに消えた」彼は言った。

「でも、君はここにいる」

「どうして、気づかない？」

「何に？」

「気づかない振りをしているだけだ。あなたは理由をちゃんと知っている」

「僕が？　わからない。何？　理由って？」

少年は僕を抱きしめる。

強く。

そして、僕の首筋にキスをする。

彼は耳もとで囁く。

その言葉を聞く、僅か一瞬まえに、僕は気がついた。

そうか。

そうだった。

そして、全身に悪寒が走った。

「僕は、あなた以外じゃない」彼は言った。

4

目を覚ます。
ベッドの上。
鼓動が、速い。
喉が渇いている。
どうしようもない焦燥感。
爆発的で、もう手遅れで、ずっと響いて止まない。
躰中に汗が滲み出ていた。
何だ？
いったい、どうした？
しばらく、
今がいつなのか、ここがどこなのか、思い出せなかった。
それどころか、
自分は誰なのか、考えなければならなかった。
ゆっくりと、手探りで。

自分の手を見て、自分の脚を見て、手を顔に当てた。

誰だろう？

声を上げて、それを聞いてみたかった。

でも、知らない声だったら、恐ろしい。

頭を触り、髪を掻き上げた。

ベッドから脚を下ろし、立ち上がる。躰は軽い。どこも痛くない。どこか怪我をしていたのではなかったか。首の後ろへ手をやった。絆創膏がそこにある。

良かった。

少なくとも、自分の知っている躰だ。

上着を脱いでからバスルームへ行く。鏡を見た。

青い顔。

眉を顰(ひそ)め、難しい顔をしている人間。

これが僕か。

蛇口を捻ると、水が落ちる。手をその中へ。

冷たい。

その濡れた手で、顔を。

両手で水を掬って、口に含んだ。

吐き出す。消毒臭い水だった。

横を見ると、剃刀がビニル袋に入っている。

真っ白なタオル。

歯磨きのブラシ、プラスティックのコップ。

石鹸。

みんな何をしているんだ？

剃刀を手に取った。

これで、手首を切ったことがあったな、と思い出す。

手首を見る。その跡があった。まだ消えていない。消えていないから、思い出して、それが自分のことだ、自分のこの躰のことだ、とわかる。思い出せる。思
そのための証。

いつの間にか、前髪が目にかかるくらい伸びていた。今は大丈夫でも、帽子を被ったら邪魔だろう。

切ろう。

剃刀をビニルから出して。

水が流れている。

湯気が上がっていた。

お湯になったようだ。

変な水。

媚びている水。

剃刀を右手の指で持ち、鏡を見ながら、前髪を少しずつ切った。

チャイムが鳴る。

誰か来た。どうして、僕がここにいるとわかったのだろう。

剃刀なんか出したから、叱られるかもしれない。

どうしよう。

でも、もうビニルを破いてしまったから、ばれてしまう。

とにかく出なくては。

ドアのところへ行き、ロックを解除。チェーンはかかっていなかった。

「こんにちは」そこに立っていた女が言った。「どうしたの？」

「え？」

「びっくりしたような顔をして」

僕は首を傾げた。

「具合が悪いの？」

悪いかもしれない。

目を瞑った。

躰が宙に浮いたような感じがして、背中になにかが当たった。壁にぶつかったのだ。僕の躰が後ろへ倒れたせいだった。

「クサナギ、大丈夫？」女の声。

「あ、ええ……、大丈夫です」

それから、
なんとか自分で歩いて、部屋の奥へ。

ベッドに腰掛ける。

ベッドは白い。

血を吸うのを待っている白さ。

「横になった方がいいわ」彼女が言った。

僕もそう思ったから、ベッドで横になる。枕に顔を埋める。そして、しばらく考えた。

部屋に入ってきた女の名前も思い出すことができた。そう、甲斐だ。上司の甲斐。今は夕方。明日は、大事なフライトがある。自分は、草薙水素。

「良かった」僕は目を瞑ったまま囁いた。

「どうしたの？」彼女がきく。声が近い。

わからない。

でも、良かった。

僕がちゃんと僕のままでいて良かった。

どこかへ行ってしまったり、
別の躰になっていなくて良かった。

今日がまだ今日のままで、
待っていてくれて良かった。

目が熱くなって、涙が流れる。

「クサナギ、大丈夫？　気分が悪い？　医者を呼びましょうか？」

「大丈夫です」僕は顔を持ち上げる。それから、ゆっくりと起き上がって、ベッドの横に座った。真っ直ぐに背筋を伸ばし、膝に手を置いた。頬に涙が残っていることはわかったけれど、隠すつもりはない。自分が泣いている理由がわからないが、でも、悪い状況だとは思えなかった。

甲斐は黙って僕を見る。

沈黙。

彼女の背後の窓に、室内が映っていた。

「あなた、泣いているわ」甲斐が片手を差し伸べて言った。

そのまま黙っていたら、彼女は僕に触れ、僕を抱き締めたかもしれない。今にも立ち上がって、そうなる、という予感がした。

「いいえ、これは、たぶん、嬉し泣きです」僕は答える。「夢を見たので」

「夢？」甲斐は座り直し、首を傾げる。「楽しい夢だったの？」

「はい」

「それなら、良いけれど……」

「心配はいりません。僕自身が心配していませんので」僕は少し笑おうとした。上手くできただろうか。

「食事に誘おうと思って、来たのだけれど……。どう？」

「そうですね……」僕は深呼吸をした。「ええ、行きましょうか」

「それは良かった。では、外で待っているわ」

彼女が部屋から出ていったので、僕はバスルームで顔を洗った。剃刀が、蛇口のすぐ横にまだ落ちていた。もう触りたくなかった。触ったら、きっと怪我をしそうだった。

上着をきて、深呼吸をする。窓に近づいて、顔を寄せる。自分の顔が見えないくらい近づくと、ようやく外が見えた。

暗い空。

雨が降っているのだろうか。しかし、窓は濡れていない。

まるで水槽の中を覗いているようだった。

こんなところを、飛行機が飛ぶなんて、と思う。

水族館の水の中を泳ぐ魚を思い出した。いつだったか、子供の頃に一度だけ水族館へ行ったことがある。沢山の魚が群をなして泳いでいた。口を開けたまま泳いでいた。ここが世界のすべてだと思っているのだな、と考えた。むしろ嵐もなく、外敵もなく、餌も充分にあるのだから、安全で平和、住み心地が良いだろう。不自由なんてない。けれど、それが彼らの望んでいたことだろうか。

人間は、社会という名前の水槽の中で、安全と平和に縋って生きている。水槽の中で生まれ、水槽の中で育った人間に、どうして、外のことがわかるだろう。

否、わかる。

それがわかるのが、人間ではないか。

子供のときから、すべての人間は、外を知っている。本当の自由を予感している。

だからこそ、大空へ飛び出していく者がいるのだ。

子供はみんな、空を飛ぶ夢を見るのだ。

飛べるようになるまで、

あるいは、

飛べないと諦めるまで。

5

エレベータで上がり、レストランに入った。初めてのところだった。どうして、食事をする場所がこんなに暗いのか不思議だ。小さなテーブルにキャンドルの炎がか細く揺れていた。壁は古い木製で、蔦（つた）のような人工の植物で覆われている。僕はそれに触って、プラスティックの感触を確かめた。そのうち、人間の半分くらいが、触ったらこんなふうになっていそうな気がした。

ウェイタが注文を取りにきたので、できるだけ量が少ないものを、とお願いした。

「では、すべてを少なめにして持ってまいります」

「少なめじゃなくて、半分以下にして下さい」僕は念を押す。

ウェイタが行ってしまうと、甲斐が可笑しそうな顔を、僕へ近づける。

「残せば良いのだから」

「ええ、でも……、多いのを見るだけで、気分が悪くなるんです」

「なるほど」彼女は微笑んだ。「ストイックね」

何故、ストイックなのかわからなかったけれど、僕は頷いた。甲斐は、バッグから煙草を取り出して、僕にすすめた。僕はそれを断った。彼女は一本を口にくわえて、火をつける。

「天気は今夜から回復するって」煙を吐き出してから彼女は言った。煙草の香りが立ち込める。

「そうですか」僕は息を吸った。煙草の匂いが好きだからだ。「では、明日ですね」

「気合いを入れていった方が良いの？　それとも、リラックスしていった方が良い？」

「わかりません」僕は首をふった。「今は、どちらに見えますか？」

「さあ、どちらかな」甲斐は僕をじっと見据える。「気合いが入っているようにも見えないし、かといってリラックスしているとは言い難い、といったところかしら」

「いつも、こんなものです」

「いつもは、飛行機に乗ってから、しばらく飛ぶわけでしょう？　だんだん気分が高揚してくると思うの。明日は、飛んだら、すぐ。向こうは遠くからくるけれど、あなたは迎え撃つ側だから、ウォーミングアップをする間もないわ」

「大丈夫です。エンジンは暖めておきますし」

飲みものが運ばれてきた。ウェイタがグラスを並べ、甲斐のグラスにワインを注ぐ。僕は炭酸の水に口をつける。躰の中へ、水分が落ちていくのがわかった。それから、前髪のことを思い出して、指で髪を触った。

「どうしたの？」甲斐がきいた。

「前髪を切ろうとしていた途中でした」

「髪は、いつもどうしてるの？」

「どうって？」

「どこで切ってもらうの？　基地の近くにある？」

「自分で切ります」

「ああ……」グラスを片手に持ったまま、甲斐は口もとを緩めた。「まあ、そうでしょうね……。一度きいてみたかったのだけれど、この仕事に就くまえも、そんな髪型だったの？」

「そうです」

「なにかスポーツをしていた？」

「いいえ、なにも」

「やっぱり、髪は自分で？」

「小さいときは、母が切りました。自分で切れるようになったのは、自分のハサミを与えられたからです」

「髪を切るハサミを？」

「いいえ。学校に上がったとき、文房具を買ってもらえて、その中にハサミがありました。だから、それでときどき髪を切りました」

「そう……」甲斐が目を丸くする。

「どうして、髪なんか伸びるのかって、思った」僕は話す。少し可笑しかった。「爪もそうです。余分なものなのに」

「でも、伸ばしている子もいたでしょう？　編んだり、リボンをつけたり」

「ええ、いましたね」

「どう思った？」

僕は甲斐を見た。僕ほどではないけれど、彼女の髪も短い。

「甲斐さんは、どうだったのですか？」

彼女はくすっと笑う。

「質問されちゃった。さあ、どう答えようかな」

「すみません」

「私は長かった。背中が見えないくらい」彼女はそこで煙草を吸い、細く煙を吐いた。

「子供のときのことは、あまり思い出したくないわね」

「どうしてですか？」

「自分が可哀相になる」甲斐は言う。笑おうとしたが、今度はいつもの優しい笑顔ではなかった。「今の方が良い。いつも、そう思っている。昔よりも、絶対に今の方が良い。もっと良くしたいって」

「自分も、あまり楽しい思い出はありません。今の方が、ずっと楽しいです」

ウェイタがオードブルの皿を運んできた。その間、僕はテーブルの下の自分の手を見た。指の爪を見た。もう切った方が良いかもしれない、と思う。

「明日の仕事が終わったらね、あなたに、服を買ってあげたいわ。どう？ 嫌じゃなければ」

「嫌ではありませんが、どんな服ですか？」

「どんなのが欲しい？」

「ジャンパが一着欲しいです」

「じゃあ、それ」

「では、生きて帰ってきたら、お願いします」僕はそう言って、彼女に微笑んでみせた。珍しいと自分でも感じたけれど、これくらいのことは簡単だ。

「大丈夫、信じています。それから、もう一つ……」甲斐は灰皿で煙草を消しながら言う。「あなたは、このあと昇格して、部隊を持つことになるわ」

「部隊？」

「指揮官になるの。キルドレでは初めて。実戦の指揮官は、女性では初めて」

僕は、黙っていた。

なにか言わなくては、と言葉を探したけれど、頭で考えていることは別のことだった。

「できれば、承諾してもらいたいのだけれど」甲斐は言う。

「戦闘機に乗れなくなるのならば、お断りしたいと思います」僕は即答した。

「それは考慮しました」甲斐は頷く。「指揮官が、実戦のパイロットとして任務に就くことは、珍しいことではありません。我が社では、ここ数年なかっただけのことで……。だから、あなたのその希望は、もちろんそのまま受け入れられるはずです」

「指揮官が自分で、つまり、自分で自分に出撃命令を下すのですか？」

「指揮官だって、一人の判断で出撃命令を下しているわけではありません。でも、あなたの言うとおりです。人に言われるよりは、自由じゃない？」

「そんなことになったら、僕はいつも自分を飛ばせることになりそうです」

「そうはならないと私は思う」甲斐は微笑んだ。「あなたは、周りが見えない自分勝手な人間ではないわ。周囲に気を配る、全体をまとめる、客観的な判断ができる、その能力があります」

「ほかの基地へ移るのですね？」

「そうなるでしょう」

「前線ですか？」

「今のところと、ほぼ同じか、いくらか前線に近い」

「そうですか……」

「まだ正式には、なにも決定していません。明日の夜に、すべてが決まります。その会議が開かれれば、ですけれど」

メカニックとして笹倉を指名しよう、と僕は考えた。もう少しで口から出るところだった。しかし、そんな権利があるはずもない。場所だって、人員だって、設備だって、小隊の指揮官ごときが口を挟める問題ではないのだ。可能なことは、任務を受けるか、あるいはすべてを拒否して去るか、いずれかだ。ただ、僕が会社を辞める、と言った場合に、ある程度の譲歩を引き出せる公算はあるだろう。そんな手を使いたいとは思わないけれど、もしものときは、つまり、たとえば、戦闘機に乗れないような深刻な事態になりそうなときには、それを行使するしかない、とぼんやりとは予想していた。

飛行機にまだ乗れる、という話は悪くなかった。今夜、彼女の食事につき合ったことの見返りとしても、充分におつりが来るものだ。けれど、その程度で喜べるということは、つまり僕自身が自分の将来に対してほとんど期待をしていない証拠かもしれなかった。意識していなかっただけで、すっかり諦めていたのかもしれない。明日のバトルが最後で、そのさきはもう戦闘機には乗れない、と予感していたのだ。

会社は僕を飛ばせたくない。それがことあるごとに、僕の躰にじわじわと刷り込まれた。オイルのように染み込んできた。もちろん、絶対に認めたくない、でも、大きな力の前で、自分にできることなんてない、と感じていた。

そもそも、明日のフライトがこんなに楽しみなのは、そのさきを考えたくない裏返しだったかもしれないのだ。

そういったことを、僕はぐるぐると考えた。

良かった。最後じゃない。それは少し嬉しい。素直に嬉しいことだ。喜ばなくては、と考えた。だけど、なかなか笑顔を作ることができなかった。

こんなホテルのベッドで眠っていること。レストランで贅沢な料理を食べていること。これがもう全部、狂っているのだ。どうして、あの基地へ戻って、ゴーダの命令に従って、普通に出撃をさせてもらえないのか。今までずっとやってきたことなのに、それを続けることができないのは何故だろう?

僕が何をしたというのか。悪いことはなにもしていない。むしろ、他の連中よりも僕はよく働いた。会社のために尽くしたのだ。それなのに、自分が一番望んでいる状況から引き離されてしまうのは、何故だろう?

しかし、

こんな思いは、これまでにも、数知れずあったこと。

ずっと我慢して、良い子でいたのに、

ずっと周囲に合わせてやってきたのに、

どうにか馴染んだ状況を、取り上げられてしまうのだ。

いつも……、そうだった。

どうしてなのか、その理由を尋ねると、

「もう子供じゃないのだから」と言われる。

子供ならばして良かったことが、大人になるとしてはいけない、そういうことがあるらしい。そう考えた。普通はその逆のことが多いはずなのに。

続けられないことばかりある。

甘やかされている、ということだろうか。

たとえば、とても大事にしていた縫いぐるみが、学校から帰ってきたらなかった。母に尋ねたら、あまりに汚いから燃やしてしまった、と笑って答えるのだ。

「これが遺品」と言って、母は僕に手渡した。

ガラスでできた、縫いぐるみの二つの目だった。

あっけにとられて、僕は泣くこともできない。

ただ、どうしたら、そういうふうに考えられるのか、大人はいったい何をどう考えているか、と想像しようとした。

不思議なんてものじゃない。

でも、もうこれだけ何度も繰り返されると、いい加減に慣れてしまう。

つまりは全部、子供ではなくなり大人になるのだ、ということを認識させる儀式だったのだ。もうお前は子供ではない、一端(いっぱし)の大人なのだから、と言い聞かせるために、数々の生(い)け贄(にえ)を捧げて、意味もなく火をつけて、すべてを燃やしてしまう。子供が大事にしてきたものすべてを、大人は取り上げてしまう。

もう、お前も、残酷な私たちの仲間だ。

そう耳もとで囁く。

そして、けらけらとみんなで笑う。

いつまでも、子供ではいられないのだ。

人間は、醜い大人になってから、死ぬのだ。

そんな確かな予感が、僕にはある。

それだから、

いつまでも飛行機に乗ってはいられない、と無意識に感じていただろう。だからこそ、このフライトに、このバトルに、すべてを懸けよう、僕のこれまでの人生のすべてを懸けよう、そこにしか活路はない、と考えたのも当然だったかもしれない。

なるほど、ようするに、ここが子供だ。

今のままでいさせてほしい。

遊園地が閉まるのに、まだここで遊んでいたい、とだだを捏ねている。

まだ寝たくない。もっと絵本を見ていたい。
子供は常に持続を願う。
しかし、それは認められない。
世の中の仕組みは、次々に世代を交代し、開いているものは閉めて、動いているものは止めて、上がっているものは下ろさなければならない。ずっとそのままにはしておけないルールなのだ。
おそらく、
それは、人間自身がそうだから、
人間自身が、生まれたらいつかは死ぬ、
そういう生きもののサイクルから逃れられないから、
それに備えるための知恵なのだろう。
子供には、しかし、その知恵がない。
僕たちには、そのサイクルがない。
だから、
いつまでも、
同じことを、
同じ楽しみを、

続けたい、
と願うのだろう。

そう分析できる。そう考えれば納得がいく。

しかし一方では……、
僕たちは、この永遠に続く連鎖を恐れてもいる。

どこかで、抜け出したいと考えている。

それもやはり確かな感覚なのだ。

何故なら、これだけ多くのキルドレが、自ら死を求めている事実。死と直面するような仕事に望んで就きたがる事実。僕だって、やはり死を恐れていない。たぶんきっと、普通の人間ほどは恐れていない。命は誰でもがただ一つきりで、条件は同じなのに、何故か、死を想うときの距離感が異なっている。

それは、やはり、繰り返されるサイクルを、自分の意志で止めよう、という動機だろうか。

僕にはそれがよくわかる。

いくら僕たちが違った種類の人間であっても、どこかに、古い細胞が潜んでいて、それが、永遠を拒むのだろう。そう思える。

一度、死を確かめてみたい。

でも、一度しかできない。

それは、同じ。

一度しかできないのであれば、

自分が一番尊いと思えるものに捧げるのが道理ではないか。

そう思うのだ。

甲斐の会話につき合って、それから、目の前に並ぶ料理にも適当につき合って、時間を消費した。考えたことを幾度か口にしようと思ったけれど、それはやはり無理だった。少なくとも、今この場で、すぐに理解はしてもらえない。言葉をどんなに尽くしても、絶対に本当のところは伝わらないだろう。なにしろ、理解よりもまえに、嫌悪や懐疑、あるいは同情が入り交じる。そういった余計な感情が理解を妨げるのだ。あるところまで話すと、もう言葉の意味を受け入れてもらえなくなる。そうにきまっている。いつもそうなのだ。

最後は小さなカップで金属のような苦いコーヒーを飲んだ。それが、僕には一番美味いと思えるコーヒーだった。笹倉が連れていってくれる、例のカフェのコーヒーに似ていた。そうしてみると、値段が安いわりに、あの店のコーヒーは一流ということだろうか。

笹倉はどうしているだろう。

きっと、飛行場のテントで、まだなにか作業をしているにちがいない。

どうして、僕はそこへ行けないのだろう？

こんなに距離が離れているのが不思議だった。このあと、シャワーを浴びて、静かな部屋の乾いた真っ白のベッドで、僕は眠るだろう。不思議ではないか。

何が、僕を現実から引き離そうとしているのだ？

甲斐とは、エレベータまで一緒だった。僕だけが降りて、彼女に一礼して別れた。甲斐は微笑んだ。いつもの笑顔だ。髪が長かった彼女は、どんな少女だっただろう、と僕は想像した。

6

夜はよく眠れたけれど、朝起きたら、少し喉が痛かった。

カーテンを開けると、晴天とはいえないまでも、雨は降っていない。なんとかもちそうだ。どちらかというと、眩しくない方が良いかもしれない。

バスルームでうがいをして、顔を洗って、そうしているうちにシャワーが浴びたくなって、服を脱いだ。

頭の中では既に半分コクピットに座っている。操縦桿を握っていた。ティーチャの機体の動きをトレースしている。躰は緊張していて、呼吸をすると、筋肉が微動した。武者震いだろうか。

髪をタオルで拭きながら、鏡の中の顔を見た。こちらをじっと睨んでいる。なにか言葉をかけてやりたくなったけれど、思いつかない。口を動かし、笑う格好にしてみたが、全然可笑しくはなかった。

バスルームから出て、服を着る。荷物をバッグに詰める。この部屋へ戻ってこないかもしれないな、と思った。けれど、それはいつものことだ。

部屋を出た。エレベータまで薄暗い通路を歩いていく。中年の女がワゴンを押してすれ違う。従業員らしい。頭を下げ、挨拶をした。僕は黙っていた。

ロビィへ下り、キーをフロントに預けてから、出口へ向かう。周囲のみんなが振り返った。ボーイがドアを開けてくれる。ロータリィで待っていたタクシーに乗り込んだ。

「空港へ」僕は言う。「裏口です」

少しずつ、躰を流れる血液の温度が上昇しているように感じる。血温メータがあったら針が一目盛り上がったところ。

流れる街の風景、周囲を走る車、歩道を行き交う人々、ときどき見上げると、そびえ立つビルディング、僅かに明るい空を反射する窓。

こんな善良な人間たち。

大昔から殺し合いを続けてきたなんて、もう誰も覚えていない。

それは遠い昔話、別の宇宙のファンタジィ。

みんなはそう感じているだろう。
そして、
戦争は醜いもの、戦争は愚かなことだ、と繰り返す。
もちろん、そのとおりだ。
こんな馬鹿げたことはほかにない。
だけど……、
まったく言葉にならない反動が、確かにある。
何だろう？
この高揚感は、何だろう？
何故、僕たちは生きているのだ？
何故、命を懸けて空へ上がっていくのだ？
命とは何だ？
この躰の中にあるものなのか？
少なくとも、
僕の命は、空に上がったとき、一緒に空へついてきてくれる。
僕が戦っているとき、僕とともにある。
かつて僕は、僕の命から離れようとしたことがあった。

簡単にできることだ。
いつだって、人は命を切り離せる。
それなのに、こんな僕に、何故、命はついてきてくれるのか？
わからない。
だからか？
とにかく、今の僕は、僕の命を大切に思っている。
戦うことで、僕はそれを知った。
戦わないで、どうして、その価値がわかるだろう？
何人もの仲間が空から墜ちていったのだ。
それを見て、僕はだんだんわかってきた。
命を本当に摑むために、人は死ぬのだと。
死んだ者だけが、勝利者だ。
大丈夫。
命は、ちゃんと待っていてくれる。
僕が墜ちていくときまで、ちゃんと待っていてくれる。
きっと、
そのときに、

一番大切なものが手に入るだろう。

きっと。

待ってろ。

綺麗なものを見せてやる。

死ぬなら今日だ。

絶対に、今日だ。

相手はティーチャなのだから。

こんなチャンスはない。

ストール・スナップの急ターンを、彼は、最後まで取っておけ、と僕に言った。あれ以来、ほとんど使っていない。今日のために温存してきたのだ。

頭の中に、幾本もの曲線が描かれた。

軌跡が交差する。

彼の軌跡が白、僕の軌跡が青。

リボンのように絡まって。

絡み合って。

綺麗に。

大した渋滞もなく、飛行場のゲートに到着し、僕はそこで車を降りた。少し歩きたかったからだ。

ふと気がついて、振り返り、道路の反対側を見ると、ワゴン車が一台駐まっていた。ドアが開き、中から杣中が出てくる。車の横に立って、その場で頭を下げた。こちらへ来るつもりはないようだ。もしかして、あそこで寝泊まりをしているのだろうか。そんなことはない、早朝にここへやってきたのだろう。まえのときとは車の位置が違っていた。

僕は片手を上げて、ほんの少しだけ、彼に微笑んでやった。どうしてだろう? 彼のことが嫌いではない。誠意を感じるから。何故、好意的に感じるのか、理由はわからないけれど。

守衛にも挨拶をした。敷地の中を歩く。周囲には誰もいない。飛行機のエンジン音が響いているだけ。

テントの前に、甲斐が立っていた。僕の姿を見つけると、こちらへ近づいてくる。

「朝、部屋へ電話をしたのよ」彼女は言った。「行き違いだったのね」

「シャワーを浴びていたときかもしれません」

「わりと早い時刻になりそうだ、という情報が入ったわ」

「そうですか。ササクラは?」

「中にいる。もうすることはないって」

「それなら、すぐにでも飛べます」僕は答えた。

「本当ならば、午前中に、ここへお歴々が数人訪ねてくる予定だったけれど、たぶん、それよりも早くなるでしょう」

「わかりました」

「まだ大丈夫。少しの余裕ならある。熱いコーヒーでも飲んでいて」

ほかにまだ誰かが来るようだ。甲斐はテントの外に残った。僕は一人で中に入る。散香の周囲には誰もいない。最初の日に比べると、すっかり格納庫らしい匂いになっていた。つまり、燃料やオイルの匂いが周囲に染み込んだのだ。事務室の入口のところに、笹倉が一人座っていた。

「おはよう」僕は近づいていって挨拶をした。

「ああ」彼は頷く。「もう、燃料も入っている。増槽は最初からない。武装はいつもの対空Aコース」

「了解」

僕は彼の横を通り、事務室に入った。テーブルにポット、そして束になった紙コップ。ソファに座って、紙コップの一つを手に取り、ポットの中身を注いだ。黒い液体が、半分ほど入ったところで止める。

「ササクラも、飲む?」

「ああ」彼は立ち上がり、こちらへ入ってきた。

彼の分も、紙コップに注いでやった。

「ありがとう」彼はカップを受け取った。

僕はコーヒーを飲んだ。それほど熱くはなかったけれど、苦くて美味い。

「大変だった？」僕はきいた。

「何が？」

「整備」

「いや」コーヒーを飲んでいた笹倉は顔を上げる。「いつものことだ」

「なんか、浮かない顔してない？」

「こういう顔だ」

そう言われてみれば、そうかもしれない。こんな慣れない場所へ僕一人のために連れてこられたのだから、少し申し訳ない。彼は、いろいろと趣味の研究をしているのだ。それができないだけで面白くなかっただろう。

笹倉はコーヒーをたちまち飲み干して出ていった。ドアが閉められたので、外は見えなくなった。僕は煙草を一本だけ吸った。それから、ソファの背にもたれて目を瞑った。眠っていたかもしれない。けっこう長い時間だったように感じる。

次に目を開けたときには、戸口に甲斐ともう一人制服の男が立っていた。名前は知らない。

「待機指令が来た」甲斐が言った。

僕は立ち上がった。

テントのシャッタは既に開けられ、笹倉たちが、散香を表に引き出そうとしていた。ワイヤと電動のウィンチを使っている。

「最適の健闘を」甲斐の横に立っていた男が言った。

僕は黙って敬礼だけ返す。

表に散香が出て、向きを変えたところで、僕はコクピットに入った。風防はまだ半分開けたままだ。

翼の上に笹倉が乗って、僕の横に来た。

「なにか、気になることがあるか？」

「ない」

「昨日と湿度はほとんど同じだ」

「関係ないよ」

「ああ、関係ない」

「大丈夫、心配するな」僕は言った。

「エンジンをかけてみろ」

「OK、後ろ、大丈夫？」

「大丈夫だ」

ブレーキを確認してから、セルのスイッチを入れ、始動した。

軽く機体が揺れてから、ぼろぼろとプロペラが回りだす。気持ち良く滑らかだ。

「忘れるな。いつもよりも絞ってある。だから、万が一高く上がったときは気をつけろ。

エンジンの音をよく聞いて」

「わかってるよ。いつからこれに乗ってる?」僕はヘルメットをかぶった。

翼の前に甲斐がやってきて、なにかを叫んだ。僕には聞こえない。

「敵機を確認した。あと十三分だ」笹倉が中継してくれた。

「ちょうど良い。このまま暖めよう」

また、甲斐が叫ぶ。

「離陸許可は既に下りている。滑走路へ出ろって」

「特別待遇ってわけ?」

「やけになるなよ」

「え?」

「やけになるな」

「聞こえてる」僕は答える。「意味がわからない」

笹倉は身を乗り出して、僕に顔を近づけた。僕はヘルメットを少しだけ持ち上げて、耳を貸した。

「ティーチャだからって、やけになるなってこと」

「なんで、やけになる？」僕はきき返す。

「帰ってこいよ」笹倉が言った。

それには、僕も吹き出した。

「墜ちるときは、ここへ墜ちてやるからな」僕は言ってやった。「気をつけてちゃんと空を見てなきゃ」

「わかった」笹倉は頷いた。

「こんなに近くで見たことないだろう？　どれくらい綺麗に飛ぶか、しっかり見てろ」

「ＯＫ」彼は片手を上げる。

笹倉が翼から降りた。僕はヘルメットをかぶり直し、ベルトを締めた。メータのチェック、舵のチェックを順番に行う。前に立っていた係員が旗を振った。

横を見ると、テントの前に何人かの制服の姿があった。今到着したところのようだ。眩しそうに目を細め、こちらを眺めている。この天候で眩しいなんて、モグラじゃないか、と僕は思った。

エンジンスロットルを押し上げ、ブレーキを解除。

散香は、ゆっくりと側道へ出ていった。

7

滑走路の端で八分ほどアイドリング待機している間に、敵機の方角と距離に関する正確な情報が入った。僕が滑走路に出ると、どこかでサイレンが鳴った。しかし、それもすぐにエンジンの音に掻き消される。浅い角度で離陸し、テントや管制塔を眺めるために、左右に翼を振った。

上昇して、旋回。

計器で方角を確かめながら上がっていく。

どの程度まで上がるかが問題だが、とりあえず、相手の出方を待つしかない。

青い空は見えないものの、雲はいやらしいほど低くはなかった。

再び、敵機の位置が無線で入る。

一機だけ。機種は不明。

しかし、乗っているのは彼だ。

既に高度を落としているらしい。最初から低いところへ誘うつもりだろう。

上昇を少し緩める。舵のトリムを微調整。

空気の感触を摑むために、一度ロール。

まだ見えない。
もう見えても良い距離だが、空気が濁っているせいだろう。
少し斜めに向けて、相手の方角に集中する。
眼下には田園が広がっている。平らで広い場所だ。
川も見える。沢山の橋が架かっていた。
鉄道も見える。道路には、色とりどりの車。
地上で生活している人間たち。
蟻みたいにぞろぞろと。
まだ見えない。
上は白い雲が止まっている。ほぼ無風。
早く来い。
やっと逢える。
こんなに待ちこがれた相手はいない。
焦点の合うものは一つもない。
浮かんでいるものを探す。
もう、そろそろだ。
どこだ？

早く来い。

見えた!

「確認」僕は無線で連絡した。

異質な点が、空に浮かんでいた。ほとんど動かない。高度はほぼ同じ。真っ直ぐにこちらへ向かっているようだった。

いつもならば、ベルトを締め直すところだけれど、今日は最初から締めてあった。予約したから、待ち時間がとても短いってわけだ。

斜めに回っていく。

深呼吸。

ゴーグルはかけていない。今のままなら不要かもしれない。

だんだん形が見えてくる。

向こうも進路を少し変えた。

メータを確認、トリムをさらに修正。

エンジンの音を聞く。

異常な音はない。

近づいてきた。

空冷エンジンのガル翼だった。翠芽(スイガ)に似たタイプだ。色はまだわからない。

僕は機体を倒して、バンクさせる。大きな旋回に入った。向こうは真っ直ぐ、相変わらず突っ込んでくる。

しかし、そこで翼を左右に振った。

ティーチャだ、まちがいない。

僕もエルロンを左右に倒して、挨拶をした。

さあ、いくぞ。

踊ろう。

ダンスを！

笑いたくなるくらい楽しかった。

傾斜をさらに深め、エレベータをじわじわと引く。

スロットルを優しく押し上げる。

彼の後ろへ回り込む順当なルート。

向こうも旋回に入るだろう。

そして、上へ行くか、それとも、下へ行くか？

けれど、まだ真っ直ぐ。

むしろ速度が上がっているようだ。

街の中心へ向かって彼は飛んでいる。こちらもスロットルを押し上げて、速度を増した。

しかし、直線水平のスピードは、僅かに向こうが上のはず。

しばらく、追いかけて飛んだ。

僕は何度か舌打ちをした。

早く踊ってほしい。一緒に踊りたい。

彼が翼を傾ける。

倒れ込んで高度を下げた。

いよいよか。

後ろについて、僕も下りていく。距離はまだ遠い。

機銃は届かない。

高圧線の鉄塔を越えて、住宅地の上を斜めに突っ切った。

周囲には飛んでいるものはいない。

飛行場が近いが、おそらく滑走路は閉鎖されているのだろう。

まだ下りるつもりだ。

僕は少し高めのルートを選ぶ。見えにくい角度になるが、彼についていく。速度は少し落ちた。引き離そうというつもりはないようだ。

団地の次に森林地帯。たちまちそれを越えて、大きな川を渡る。街が近づいてくる。今の高度は、高層ビルの二倍くらい。

とっくに地上の連中にも、二機の煩いエンジン音が聞こえているはず。旅客機よりもずっと甲高い音だ。聞いたことがないかもしれない。

追いついてきた。距離が詰まる。

さあ、どうする？

突然彼が急旋回に入った。

「来た！」

慌ててスロットルを絞る。

フラップを下ろす。ブレーキがかかって機体が軋む。

右へ回る。

逆だ。

左。

もう風景など見えなくなる。

今日は周囲を気にする必要もない。

相手は、ただ一機。

垂直に近いバンクに入れて旋回。相手を上に見る。

彼は次に急上昇。

でも、きっとフェイントだ。

軽くつき合って、すぐに戻す。
思ったとおり、右へ反転してダイブしていく。
僕も背面になって下りていった。
接近。
彼の後ろにつく。
機銃の安全装置を解除。
こんなに早くチャンスが来るか？
彼の機体が翻る。
上昇？
違う、ストールだ！
間に合わない。
一瞬迷った。しかし、左手が勝手にスロットルを押し上げている。
抜けるしかない。
高度を下げ、フル・スロットル。
ティーチャはたちまち後方へいき、見えなくなる。
見事なストールだ。
「人にはやるなと言ったくせに！」

僕は上機嫌。

後ろにつかれたけれど、まだ距離はある。

こちらの方が早く加速している。

上昇すれば振り切れるだろう。大きなループでいくか。

しかし、トップ付近で内側に入られたら危ない。

左右から後ろを振り返って位置を確かめた。

もう少し我慢。

真後ろか？

見えた。

距離は大丈夫。

ストールする手があるが、きっと読まれている。向こうの反応が早ければ、逆に損失が大。同じ手は使えない。下へ行けという笹倉の言葉を思い出す。

そのまま急降下に入れた。

地上がみるみる近づいてくる。

逆宙へ行くか。

反転。

エレベータを引く。

上斜め後方に敵機。
ティーチャはまだ背面だ。
こちらを見ているだろう。
ニュートラル。
フル・スロットルで、低空を駆け抜ける。
ビルよりも低い。
近くに高い建物はなかった。道路にそのまま降りられるくらいの高度まで下がる。
川の堤防が前方に迫ってくる。
後ろを見る。まだついてくる。
しかし、近づけないだろう。
堤防を乗り越えてから、もう一度高度を下げる。
雑草が生い茂る草原。
そして水面。
メータを見る。油温、油圧、ともに正常。
ティーチャの位置を確認。
いつ上昇するか待っているにちがいない。
もう少し引っ張ってやろうか。

ときどき微妙に角度を変える。
僅かに相手の方が長い距離を飛ぶことになるからだ。
この点では逃げる方が若干有利。
エンジンの音を聞く。
笹倉の忠告を思い出す。チョークの目盛りに目が行った。
相手が撃った。咄嗟に右へ。
振り返る。
そんな距離か？
少し詰められている。
かなり速い？
エンジンをチューンしたのだろうか。
街が近づいている。
上昇するか、あるいは、突っ込むか。
きっと彼は、僕が上昇するのを待っている。
その期待に応えるもよし。
期待を裏切って、突っ走るもよし。
エンジンは快調。だんだん回ってきた。

お楽しみは、これからだ。

左右に多少フェイントをかけながら、さらに直進。

周囲を見る。建物が増えている。道路も近い。

前方には、そそり立つビル群。

堤防がまた近づいてくる。少し左へ回り込む。

斜めに堤防を乗り越え。

水面ぎりぎりまで再び下りた。

後方を確認。少し離れたか。

一度だけ宙返りを入れてやろう。

内側に入られない場所で。

巨大な鉄橋が近づいてくる。今飛んでいる高さよりも、橋桁がずっと高い。このまま下をくぐり抜けるか。あるいは、左右どちらかへ上昇するか。右手は市街地。左手は郊外。

このまま下流へ行くと、工業地帯か。遠くに高い煙突が見える。

後方を確認。また少し近づいた。

みるみる橋が接近。

下が鉄道、上が道路のようだ。

動いている車両がわかるくらい近い。

スロットルは、そのまま。
僕は左手でゴーグルをかけた。
右手は操縦桿に集中。
もう左右のコースの選択はない。
もうすぐ。
水面が近い。大きな橋が目の前に迫る。
今だ。
操縦桿をじわっと引く。
上昇。
機体が軋む。
躰がシートに押しつけられる。
後方を見たが、見えない。
真上を向く。
エンジンが唸る。
道路を走る車が沢山見えた。
背面になる。
橋のワイヤを越える。

橋の真上に来たとき、ティーチャが見えた。
さすがだ。ループに入っている。反応が速い。
しかし、小回りはどうかな。
橋のワイヤが邪魔だから、ストール・ターンは危険。
僕は下を向く。スロットルを絞る。
フラップを出す。
エレベータを引く。
橋桁がまた目前に接近。
その下へ滑り込んだ。
今度は水面に激突しそうな角度。
エレベータ。
後方を見る。
ティーチャはロールをした。
諦めた。
やった！
水面を掠(かす)める。
機体を少し斜めに。

翼端が、水面につきそうな一瞬。

左手を押し上げて、フル・スロットル。

トルクでさらに機体が傾いたが、それに任せる。

斜めに上がっていく。

彼は橋の向こう、上流側で旋回に入ったところ。

完全に振り切った。

さらに上昇して、橋の上に出たところでロール。

ティーチャの後方斜め上につく。

堤防を乗り越え、街の方向へ彼は飛ぶ。

高度を維持。僕はついていく。

今度は僕が待つ番だ。彼が動いたときがチャンス。今の位置関係では、彼は上昇ができない。上を向いて、速度が落ちたら致命傷だ。

道路の上を飛ぶ。

高度は百メートルしかない。

油温やや上昇。油圧ＯＫ。

ビルが近づいてきた。まだ、こちらが高い。

そうか、ビルを利用して旋回する気だ。内側のパスが使えない。その手があったか。

頭の中で数々のシミュレーション。
上昇して左へ出る可能性が一番高い。それがいつか?
建物が徐々に高くなる。
街の中心部が近づいてくる。
看板やアンテナがあっという間に通り過ぎる。
もちろん、そんなものは目に入らない。単なる障害物。
ビルの谷間に入った。通り抜ける。
両側に窓が並んでいた。
圧迫感はあるけれど、通り道としては狭くはない。
前を飛ぶ機体が乱す空気の方が、少しやっかい。
僕は少しだけ高度を上げる。
また、高いビルが接近してきた。今度は沢山ある。
中へ入っていく。
そのとき、ティーチャが上昇。
僕は驚いた。
どうする気だ?
しかし、僕の右手は操縦桿を引いていた。

上昇。
こんなところで宙返り？
彼の機体が接近する。
エンジンを絞っていた。
しまった。
またストール・ターンだ。
まさか。
左手を押し上げる。しかし、既にフル・スロットル。
僕は上昇して背面に入れる。
ティーチャを見た。
ストールして、プロペラ後流で向きを変えた。
交差点を別のストリートへ入っていく。
すぐに見えなくなった。
凄い！
あれは、散香では無理だ。
トラクタ・タイプだからできる技。
僕は息を止めていた。

ループのトップで反転。
まだ左右にビルがあるから、もう少しで壁に擦(こす)るところ。
スロットルを絞る。
完全に見失った。
どこだ?
右後方を見る。
右にいるはず。
さらに上昇。ビルから抜け出す。
機体を斜めにして、下を見回した。
動いている自動車、バス、トラック。
しかし、飛行機は見えない。
どこだ?
背面になって探した。
前方右手から、飛び出してくる。
思ったよりも遠くへ行っていた。もの凄い速度で、道を駆け抜けたようだ。
すぐに進路を修正。こちらの方が高い分まだ有利。
旋回に入るかと思ったら、彼はまた高度を下げ、ビルの中へ入っていく。僕は追った。

今度は速度は乗っていない。前方に彼の機体を発見。

こちらは降下している分、やや速い。

追いつけそうだ。

彼はさらに下がる。

高度は数十メートル。

接近する。

どうする?

また上昇か。

射程に入った。

息を止める。

撃つ。

右へ避(よ)けられた。

翼を立て、ビルの壁面を嘗(な)めるように飛ぶ。

こちらもスロットルをやや絞る。

フラップを少し下げる。

追い抜いてはいけない。

また、射程に入ったが、僕が撃つまえに、彼は左へ振った。

低速だからできる、というより、ビルがそこにあるからできる。壁面効果というのだろうか。

今度は翼を立てた彼の機体が一瞬真正面に。

撃った。

当たった、と思ったが、わからない。

たちまち、右へ消えた。

驚いた。

交差点を右へ回ったのだ。

僕も慌てて翼を立てたが、旋回は無理。

とても回れない。

すぐにスロットルを押し上げて、上昇。

また見失った。

凄いな。

あんなふうに飛べるのか。

後方を振り返り、彼の機体を探す。

エンジンは唸り、肩がシートに押しつけられる。

見つけた。

ずっと下だ。
僕は、ゴーグルを外して、目を擦った。
汗をかいている。
深呼吸。
再びゴーグルをかけ、背面から、ダイブへ。
だいたい、彼の機体の特徴がわかってきた。
彼はメインストリートを低速で飛んでいる。
下りてこい、と誘っているようだ。
こんな窮屈な場所でダンスを踊るなんて。
でも、僕は笑っている。
面白い。
下りていく途中、右後方、視界になにか入る。
ヘリコプタだ。
民間機か。
かまわず、降下。
たちまち、彼の機体に追いついた。
ここでブレーキをかける。

フル・フラップ。
彼は、交差点を左へ。
僕も試してみよう。
エンジンを絞り、機首を上げて速度を殺す。
翼を立て、エレベータで急旋回。ラダーで機首を修正。
簡単に左折できた。前方の機体に接近。
射程に入るか、と思われたとき、彼は反転。
下へ回り込んだ。
これには驚いた。
下はもうない。
びっくりして、僕は逆に上昇。
地面に激突したんじゃないのか、と思ったくらい。
逆宙か?
ボトムでロールをする余裕はないはず。
ビルの屋上を見てから、背面のまま水平に戻す。
彼が上がってきた。
上がりながらロールしている。

後ろにつかれそうだ。
迷っている暇はない。
上昇は危険。
エレベータを引き、そのまま下へ。
この一瞬が危険だ。
撃ったか？
大丈夫。
道路が急接近。
真下を向き、エレベータをさらに引く。
エルロンで傾けて、さらにラダー。
高度は四十。
自動車のすぐ上で、ようやく水平に。
飛び降りられるくらいの高さで、スロットルを押し上げる。
エンジンが息を吹く。
排気が舞う。
彼の機体が上斜め後方に見えた。
撃たれる、と一瞬思う。

しかし、撃たなかった。
何故だ？
僕はフル・スロットルで、そのまま直進。
加速しろ！
早く！
高度は十メートルほどしかない。
歩道橋をぎりぎりでやり過ごす。
電線がないことを祈ろう。
速度はどんどん増して、
左右のビルが猛烈に後方へ飛んでいく。
機体は振動。
踊っている。
撃ってこない。
離したか。
後方はよく見えない。
どこだ？
上昇は危険だ。

撃ってくれれば、相手の位置がわかるのに。
何故撃たない？
もしかして、周囲のことを心配しているのか。
流れ弾が、ビルや自動車に当たるからか。
そんなことを気にしていられるわけがない。
公園らしい緑が近づいてくる。
そこにはビルがない。
僕は翼を立てる。
ビルの谷間を抜けた瞬間に、左へやや旋回。
後方を見た。
思ったとおりの位置に、彼の機体。
完全に射程だったはず。
やっぱり、彼はわざと撃たなかったのだ。
ここなら大丈夫。
ビルには当たらない。
撃ってこい。
躱(かわ)してやる。

スロットルをハイ。
エルロンを左右へ。
彼が近づいた頃、僕は反対へロール。
クイックで右へ。
すぐに逆の進路を取る。
撃ったか?
わからない。
フラップを下ろし、エンジンを絞る。
旋回半径を小さくし、バンク角を上げる。
彼が上を向く。
こちらも上を向く。またストールか?
スナップだ。
木の葉のように、彼の機体が舞った。
僕もスクリュー・ロールに入れて、出方を待つ。
来た。
内側から来る気だ。
反対へ。

目まぐるしく舵を打った。
エンジンが唸り、すぐに静かになり、また唸る。
風を切る音。
断続的に。
翼が軋む音。
ダンスだ。
ひらひらと。
舞う。
遊んでいるように見えるだろう。
二機が。
ここで、遊んでいる。
優雅に。
綺麗に。
踊っている。
サイド・スリップ。
ツイスト。
トルク・ロール。

ナイフ・エッジ。
見せてやる。
いくぞ。
フル・フラップ。
エルロン左右。
スロットル・オフ。
エレベータ、フル・アップ。
急ストールから、一気にハイへ入れて、機首を向ける。
そのまま離脱。
彼に止められたターンだ。
まえよりはずっと切れているはず。
翻るナイフみたいに。
翼が一瞬輝いた。
ティーチャが旋回するところへ、機首を向ける。
僕の鼓動。
来い！
一瞬、息を止める。

来た。
撃つ!
ターン。
今のは当たっただろう。
ロール・ターンをしながら、離脱。
後方を確認。
彼の機体も、ロールしている。
上へ来る。
駄目だ、当たっていない。
くそう!
上から来る。
右。
ダウン。
左。
ラダーでスライドして、逆へロール。
アップ。
スロットル・ハイ。

掠めるように、彼の機体が前へ滑り出る。

近すぎて撃てない。

機首をコントロール。

撃とう、と思ったときには、彼は左へ。

速い。

弾け飛ぶように舵を打つ。

一瞬の速さ。

その一瞬で、生き延びてきた二人なのだ。

下から回り込まれて、形勢が逆転。

右へ。

上昇して、ダウン。

左。

左。

ラダーでフェイントをかけて、フラップでブレーキ。

スナップで逆から翼を回して、旋回へ。

撃ってきた。

音が聞こえたが、大丈夫。

上にいる?
影が一瞬通過。
その先を見ながら、ループ。
ティーチャが大きなツイストをした。
やる気満々ってところだろうか。
まだまだこれからさ。
メータを確認。
油温がやや高い。
燃料は半分以上ある。
向こうはどうだろう?
どこから飛んできたかによるが、そんなに遠くのはずはない。
公園の上空百五十メートル。
低速旋回。
ほぼ同じ速度で、彼も旋回中。
ボンネットの黒猫マークがよく見えた。
一度ゴーグルを外す。
空はそんなに眩しくない。

油圧は正常。エンジンも快調だ。
今のところ被害なし。
ウォーミングアップもそろそろ終わり。
まだまだ。
息を吐く。
さあ、本気でいくぞ。
ゴーグルをかけ直して、僕は、操縦桿を僅かに引く。
スロットルを絞る。
フラップをハーフまで。
円の中へ入っていく。
すぐに気づかれた。
外側へ彼は逃げる。
スロットル・ハイ。
フラップ戻す。
右。
上昇した。
ストールだ。

スロットルを切る。
フル・フラップでブレーキ。
トルク・コントロールで、機首を向ける。
撃つ。
どうだ。
上がっている。
すぐにこちらも上昇。
ストールに入れるか。
ロールして、彼を見る。
ターンだ。
向こうは下を向くところ。
思い切って、スロットルを押し上げる。
そのまま上昇に転じた。軽いからできる芸当。
背面にして上昇。彼は下で旋回。
やはり、当たってないのか。
上昇してくる。
エレベータを引いて背面でダイブ。

迎え撃つ。
正面だ。
向こうも真っ直ぐ。
撃つ！
掠めた。
すれ違う。
急旋回に入れて、躰を踏ん張って振り返る。
彼はまたストール・ターン。
もう一度やる気だ。
よし！
フル・アップでハーフ・ターンしてから、スロットル・ハイ。
向こうがずっと速いが、正面だから関係ない。
向き合った。
彼はこちらへ滑ってくる。
僕は上っていく。
機首を僅かに修正。
ぶつかりそうだ。

撃つ。
やった！
向こうも撃った。
銃口が光るのが見えた。
すれ違う。
当たらない。
おかしい。
飛んでいる。
向こうも飛んでいるか？
煙も出ていない。
ロール。
逆へスナップ。
彼を見る。
反対側へ直進している。
当たったのでは？
どこかトラブルか？
そのまま緩やかなループ旋回。

追いかける態勢。
彼は上昇。
まっすぐ上がっていく。
僕もスロットルを開く。
上昇性能は散香が上。
少しずつ追いつく。
彼は左右へ優雅に踊る。
蛇行しながら、上がっていく。
しかし、だんだん接近。
どうした？
このままでは逃げられるわけがない。
かなり高くなった。
下はもう見えない。
雲が近づいてくる。
どこへ行く？
雲の中へ隠れるには遅い。
左、右、と彼に合わせる。

高度が高くなったから、エンジンが少し乾いた音になる。
チョークを調整したかったが、まもなく射程に入る。
集中した。
右。
左。
ラダーで修正。
ダウンを僅かに。
待ってろ。
撃つ！
右へ離脱。
勝った！
しかし、彼の機体は、そのまま上昇。
僕も、それを見ながら上昇を続ける。
やがて、雲の中へ、彼は消えていった。
この間に、チョークを調整。
周囲は瞬く間に白くなった。
機体が揺れる。

そのままさらに上昇。
燃料をチェック。トリムを補正。
深呼吸。
汗が流れ始める。
僕は勝ったのか?
ティーチャはどこへ?
もしかして、ここはもう天国?
知らないうちに、撃たれているとか。
深呼吸。
咳が出た。
大丈夫、生きている。
エンジンの音が、急に大きく聞こえた。
周囲の白さが薄くなる。
眩しい。
光。
雲の上に出た。
真っ青な空が。

綺麗に広がって。
白い雲が下へ。
前方に飛行機。
ティーチャの機体を発見。
真っ直ぐに飛んでいたのか？
被弾は？
なんという騎士道。
ああ、綺麗だ。
やっぱり、雲の上が本当の空。
きっと、そう……。
彼も、そう考えたのだろう。
ここでなくては。
彼が翼を左右に振った。
僕は思わず吹き出した。
そうこなくっちゃ。
追いかける。
左後方から接近。

しかし、さっきのが当たっていないのは不思議だ。
絶対に当たったはず。
外すはずがない距離と角度だった。
彼は、被弾してるのではないか。
当たりどころが良かったということ？
ティーチャは水平飛行をしていた。
僕は近づいていった。
後ろにつく。
しかし、
彼は動かない。
何故？
前方を飛ぶ彼が撃った。
何をしている？
彼が速度を落としたので、さらに接近。
どんどん近づく。
撃てば確実に落とせる位置。
でも、

僕は、少し斜めに出て、彼の横についた。寄せていく。

キャノピィの中が見える。

彼の顔が見えた。

生きているか。

大丈夫。

動いている。

手でなにかを示している。

さらに接近。

数だ。

周波数だとわかった。

彼は僕の視力を知っている。

無線を合わせろという意味だ。

四、一、三、一。

急いで無線を同調させる。

「聞こえるか？」突然彼の声が飛び込んできた。「出力を落とせ、最低に」

「聞こえる」

「今日は、これで終わりだ」彼は言った。

「どうして？」僕は尋ねる。「燃料？」

「違う。空砲だ」

その言葉が、最初よくわからなかった。けれど、すぐに気がついた。

実弾ではない。

実弾が装塡されていない。

だから、撃っても当たらない。

音だけだったのだ。

「ちくしょう！」僕は叫んだ。

「そういうことだ。黙って帰れ」

頭の中が真っ白になって、僕はなにも言えなくなる。

騙された。

みんなに騙された。

地上の奴らは、みんなぐるだったんだ。

みんなで、僕を……。

「思い知らせてやる」僕は言った。

「ブーメラン」

「何？」

「頭を冷やせ」

「無理だ」

「じゃあ、体当たりでもするか？」

体当たり？

弾がなくても、それならば墜とせる。

たしかにその手はあるなと考えた。

「俺は帰る。通信終わり」

「待って、ティーチャ」

「何だ？」

「また、もう一度」

「ああ」

「お願いします」

「ああ」

「いい？」

「生きてろよ」

「了解」

彼は翼を立て、向こう側へ滑り下りていく。
僕はエンジンを絞り、そのまま、操縦桿を斜めに。
機体はやがて失速し、下を向き、ゆっくりと回り始める。
墜ちていこう。
地面まで。
錐もみ状態に入って。
どんどん回転が速くなる。
雲の中へ入った。
真っ白。
ここが天国だ。
呪ってやる。
どこまでも、墜ちていってやろう。
「馬鹿野郎！」僕は叫ぶ。
みんな、大馬鹿野郎だ。
地上にいる連中なんて、人間なんて、みんな死んじまえ。
爆弾を持っていたら、この街に落としていただろう。
否、飛行場へ。

あのテントの前で見ている連中の鼻先へ。
雲から抜けると、世界が回転していた。
真下を向いて、
ひらひらと、回りながら、墜ちていく。
このまま、どこかへ。
地面も突き抜けて、地獄まで？
甲斐も、笹倉も、知っていたんだ。
僕を騙したんだ。
なんてことを……。
涙が出た。
何が大切なのか、お前らはわかっているのか？
馬鹿な！
すべてが台無しだ。
すべてが無駄。
許さない！
絶対に許さない。
死んでやる。

お前たちが期待している草薙水素を殺してやる。

潰してやる。

この街の中心に散香をぶつけてやろう。

でも……、
ああ、でも、
ティーチャとだけは、もう一度戦いたい。

そう、
約束したし。

ああ、
それだけが、心残りだ。

それだけが、矛盾だ。

非常無線のランプが点灯していた。僕は受信機の周波数を切り換える。機体はくるくる回り続け、もう外を見ていなかった。

「ブーメラン、応答を」

「ブーメランだ」僕は答える。

「どうした？」

「え、なにも」

「すぐに帰還せよ。滑走路はＯＫだ」

どうしよう。

背面になっていたので、上を向く。

街が見えた。

回転しながら少しずつ大きくなっている。

もしかしたら、そちらが上かもしれないな。

僕の上に、地球が浮かんでいるんだ。

「ブーメラン、聞こえるか？」

舌打ちした。

喧しい。

ビルが近づいてくる。

くそう！

こんなところに墜ちるのはご免だ。

僕は、舵をニュートラルに戻す。

エンジンを絞り、当て舵を小刻みに打つ。

回転をまず止める。

散香は、真っ直ぐ下を向く。

風を切る音。
気持ち良い。
急速に接近する地面。
道路、ビル、車。
エレベータをじわりと倒す。
高度二百。
途中でロールして、上を向く。
さらに降下。
少しだけ機首を持ち上げる。
ビルの谷間へ滑り込んでいく。
左手がスロットルを押し上げた。
高度三十まで下がる。
ようやく水平に。
エンジンが爆発的に吹き上がり、トルクで機体が捩(ねじ)られる。
エルロンとラダーで補正。
翼を少しだけ斜めに立て、直進。
パトカーか救急車のサイレンが聞こえた。

一瞬だ。

どんどん加速する。

「馬鹿野郎！」思いっきり叫んだ。

涙で、前が見えなくなっていた。

ゴーグルを外し、目を擦る。

両側に迫るビルの壁面。

その間をすり抜けていく。

この街を破壊してやりたい、と思った。

すべてを消してしまいたい、と思った。

だけど、僕にはなにもできない。

ただ、轟音を立てて、飛んでいるだけだ。

「ブーメラン、どうした？　ただちに危険飛行を中止しろ」

危険飛行？

危険飛行って、何だ？

聞いたことがない。

危険でない飛行があるのか？

何のために飛んでいるんだ？

飛行機が何のためにあるのか、わかっているのか？
人間が何のために生きているのか、知っているのか？
なにも知らない馬鹿が、大勢集まって、
いったい、ここで何をしているんだ？
空を見上げているだけじゃないか。
他人が死んだりするのを、眉を寄せながら眺めている。
遠ざけたいと思いながら、そっと盗み見ている。
それだけじゃないか。
嫌らしい。
薄汚い。
醜い。
唾を吐きつけてやりたい。
「ブーメラン、戻れ！」
速度はどんどん上がる。
真っ直ぐに、ビルの間を僕は走り抜けていく。
この操縦桿を、ほんの少し離したら、
僕が一瞬、目を瞑ったら、

散香はビルにぶつかるだろう。
その中にいる馬鹿な人間たちが、大勢死ぬだろう。
安全なところで見物しているつもりが、アクシデントに巻き込まれるってやつだ。
僕は笑った。
涙を手で拭う。
「ちくしょう!」
機銃を撃つ。
音だけの花火。
よく見てろ。
これが、本当の見せものだ。
僕は反転する。
機体が左右に揺らいだが、そのまま直進。
背面になって、道路の様子がよく見えるようになる。
道は渋滞している。
車がずっとどこまでも。
クラクションを鳴らしているだろう。
聞こえないぞ。

轟音に耳を塞いでいるだろうか。
排気に鼻を摘んでいるだろうか。
一瞬の風で、看板が倒れ、ゴミが舞い上がるだろう。
飛び散れ。
吹き倒れろ。
なにもかも。
これが、飛行機の速度だ。
見たことがあるか？
これが、飛行機の力だ。
「ブーメラン、聞こえるか？」
もう一度クイック・ロール。
上を向く。
前方になにか見えた。
何だ？
ヘリか？
そういえば、あのヘリはどこへ行った？
きっと、マスコミのカメラが載っている。

あのヘリを墜としてやろうか。
近づいてきた。
飛行機？
前方からこちらへ向かってくる。
翼を左右に振った。
まさか……。
ティーチャだ！
直進してくる。
高度も同じ。
下は道路。
左右はビル。
逃げ道は上しかない。
みるみる近づく。
スロットルを半分絞った。
フラップへ手が行く。
ぶつかるぞ。
体当たり？

でも、
不思議と、
僕は、
落ち着いていた。
非常に冷静に、
彼の機体を、
見た。
ぶつかっても、
良い。
彼なら……。
そう、
彼なら。
僅かに彼の機体が右の翼を上げた瞬間、僕もエルロンを切った。
翼を立て、
ビルの壁に接近。
すれ違う。
風を切る。

笛のような音色。
そして、無音。
なにもかも消えて、
エンジンの音が、
余韻。
振り返る。
もう、
彼の機体は、
遠くへ、
行っていた。
聞こえない。
無音。
静かに、
綺麗に、
上昇しようとしていた。
僕も正立に戻して、
上昇する。

後ろをずっと見つめていた。
涙は、もう乾いている。
どんどん遠ざかっていく。
上がっていく。
点になり、
そして、
見えなくなった。
もう、
二度と、
彼には会えないような、
そんな気が、少しだけ。
風を切る音。
呼吸と。
振動と。
汗と。
溜息と。
でも、僕たちは、

つながっている。
空気だけで。
空だけで。
僕たちは……。

epilogue

エピローグ

　飛行場の上を、一度ナイフ・エッジでロー・パスして、テントの前を通過するとき、空砲を派手に撃ってやった。景気づけのデモンストレーションに見えたかもしれない。

　ソフトにランディングして、側道を進む。もうそのときには、ジュラルミンのように僕はすっかり冷めていた。ティーチャと最後にすれ違ったあのときが、一番熱かったはず。

　そうか、僕を冷ますために、彼はもう一度空から戻ってきたのかもしれない。

　まったく、優しいったらない、馬鹿野郎。

　なにもかも、余計な親切。

　どいつもこいつも、余計なお世話ばかり。

　ああ、信じられない。

　ふう、でも、ほら、ちゃんとおさまった。

　馬鹿な振りをしよう、と諦めた。

　もう一度、彼と戦うまでは、生きていなくては。

　わざとテントの少し手前でブレーキをかけた。そこで待っている面々に顔を合わせたくなったからだ。ささやかな抵抗。

笹倉が飛び出してきて、主翼のステップに飛び乗った。キャノピィが開いたところだった。

僕はまずヘルメットを脱ぐ。

彼はキャノピィのエッジに片手をかける。そして、もう一方の手を伸ばして、僕のベルトを外そうとした。

「触るな！」僕は言った。

「え？」

「自分でやる」

「怒るなって」笹倉は顔をしかめる。

僕は彼を睨みつける。

「しかたがなかった。命令には逆らえない」笹倉は溜息をついた。「悪かったって」

僕はベルトを外した手を、そのまま彼の頬にぶつけた。大した効果はない。体重が乗っていないし、体勢も悪い。かすった程度だ。でも、笹倉は黙った。僕をじっと見据えたまま。

「見損なったぞ」僕は言ってやった。

「ああ……、しかし、飛ぶまえに話していたら、どうなっていた？」

「飛ばなかった」僕は答える。「無意味だ。すべて無意味」

「うん、そのとおりだ」笹倉は頷いた。「本当に、悪かった。とにかく……」そこで言葉が切れ、彼はまた溜息をつく。

僕はコクピットから出た。笹倉は翼から飛び下りて、場所を空けてくれた。

僕は翼の上に立つ。

カメラマンが数人近づいてきた。シャッタ音が続く。

甲斐がこちらへ歩いてくる。姿勢の良い歩き方だ。

制服の男たちは、まだ遠くで待っていた。いつも待っている、それが奴らのスタンスなのだ。

地上にいる連中は、みんな屑だ。

笹倉が手を貸そうとしたけれど、僕はそれを無視して、主翼から飛び下りた。

そして、テントとは反対側へ向かって歩く。

急にそちらへ歩きたくなったからだ。

どこへ行こうとしているのか、自分でもわからない。ただ、みんなが待っているところへは行きたくなかっただけ。

「クサナギ！」後ろで甲斐が呼んだ。

僕は振り向かずに歩いた。

　彼女が走って追いついてくる。

　僕の横を甲斐が歩く。

「クサナギ」彼女が押し殺したような声で言った。「戻って」

「嫌だ」

「お願いだから」

「最低だ」僕は立ち止まって言った。そして首をふった。息を吸い、そして吐いた。威力のある言葉は出てこない。だけど、気持ちは、吐いた息の中に籠もっていたはず。

「わかっている。あなたの気持ちはわかる」

「へえ……」僕は少し笑った。何がわかる？

「飛行機に乗るのを諦めるつもり？」

「もう、どうでもいい」僕は甲斐を睨みつけた。「ティーチャのあとを追うことだってできる」

「お願い、よく聞いて」甲斐は僕の肩に片手をかけようとした。僕は後ろに下がって、それを避ける。「頭を冷やして。どうすれば良い？　何がしたい？　あなたは怒っているわ」

「怒っている」

「その怒りを、どうすれば良い？」

「さあね」

「私を殴ったら?」

「あなたを殴っても無意味だ」

「そのまま、自分の中に収めるつもり?」

「え?」

「いい? 悔しかったら、人よりも高いところへ上がるしかないのよ。見下してやるしかないのよ。雲の上まで行ったことがあるのなら、わかるでしょう?」

僕は、テントの方を見た。待っている男たちを。

散香の横には、まだ笹倉が立っている。こちらを見ていた。

声は聞こえないだろう。

「このまま、墜ちていくつもり? それとも、這い上がって、見返してやる?」

僕は彼女を睨みつけた。

黙って。

甲斐は、いつもの優しい顔だった。

僕のことを愛しているような顔。

そんなふうに見える、とても上手な顔。

優しさなんて、結局はそんなもの。

「騙した」僕は言った。

「騙したんじゃない。でも、黙っていたことは確かね。あなたが怒ることは、もちろん予想していた。だけど、私は謝るつもりはない。ただ……、今はお願いをしているだけです」

「あなたを殴りたい」僕は言った。

「どうぞ」彼女は微笑んだ。

沈黙。

僕の右手は、少し持ち上がったけれど、彼女の頬には届かなかった。笑っている人間を殴れるものか。

「あなたが、無事に帰ってきて、嬉しい」甲斐は言った。「クサナギが飛ぶたびに、心配で心配で、なにも手につかないんだから」

「嘘だ」

「嘘かもしれない」甲斐は即座に頷いた。「でもね、今の言葉は、私のこの口から出た言葉なのよ。その言葉を口にした私の立場を考えて」

僕は一度目を瞑った。

馬鹿馬鹿しい、なにもかも……、と一人の草薙が言った。

もう一人の草薙は、溜息をついた。

もう一人の草薙は、明日のことを考えていた。

明日の空を……。

何を要求するべきか、と考える。

僕は頷いた。

「え?」

「わかった」

「大丈夫?」

「はい」もう一度頷く。

「じゃあ、戻ってくれる?」

「ええ」

「ああ……」甲斐は溜息をつく。このとき、初めて彼女の目に涙が浮かんだ。「良かった」

僕はそれを見て、正直少しだけほっとしたかもしれない。

誰のための涙でもない、彼女は自分のために涙を浮かべたのだ。それだけが、本当の涙だ。

甲斐と二人で僕は戻っていった。

笹倉が僕を待っていた。口を斜めにして、変な顔をして。

すれ違うときに、彼は片手を立てた。

僕は思いっきり、それを叩いてやった。

こちらまで痛い。
テントの前に待っているお歴々。
素晴らしく綺麗な制服がずらりと勢揃い。
ショーウィンドウの人形みたいに。
まったく腐った連中だ。
気持ちが悪くなったので、僕は空を見上げる。
灰色に曇っていて、沈んでいるこの腐った街にも、
この腐った人間たちにも、おあつらえ向きだった。
もう一度、飛ぼう。
あの雲の上まで。
明るい本当の空へ。
もう一度上がっていこう。
ただそれだけを考えて、僕はこの腐った地面を歩いた。

各章冒頭の引用はすべて、
『イワン・イリッチの死』トルストイ
（米川正夫訳・岩波文庫）によりました。

解説

室屋義秀

体感

散香（サンカ）の持つ機体性能は知らない。しかし、無制限曲技飛行機のスホーイを身体の一部として操縦する私にとって、散香は物語の存在ではなく、現実そのものと感じられる。散香をスホーイに重ね合わせ、私の肉体と同化させることで物語を体感した。

水素（スイト）が散香をどのように操縦し、飛行によって肉体にかかる負荷を感じそして耐え、楽しむ様子が細かい描写から体感できる。また自由自在に飛べる水素が羨ましく嫉妬さえ覚える。

スホーイのコックピットにピンカメラを装着し、曲技飛行中の私自身のＶＴＲを見ることがある。と言っても自分が自身を見るために撮影したものではなく、ＴＶの放送用素材として撮ったものだ。それを見ていつも感ずるのは、歪（ゆが）んだ顔、上目使いになった眼、への字に結んで血の気の引いた唇、決して楽しんでいるようには見えない。ただ必死に何かに耐え、何かを達成しようという、凛として生死を忘れた自身がそこに存在するだけなのだ。耐えているのは私だけではない、スホーイだって機体を軋ませ翼を捻らせ、自然に逆らった分だけ耐えなければならない。

飛ぶときはいつもそうだが、ことに曲技飛行で操縦桿を握る時は、肉体の苦痛を克服し如何に生き最後まで操縦するかに神経を集中する。

滑走路にスホーイを連れ出し、フルブレーキの状態で３６０馬力の最高出力を確認している。エンジンの音は低域が強調された「ボ」「ボ」という独特の音に、高出力時に聞こえる「キーン」という響きが共鳴して聞こえる。オイルも充分に温まり、最高の出力が得られる状態だ。オイルプレッシャーもグリーンゾーン。雑念は頭の中にはない。生まれたばかりの娘のことも、いつも口論する面白くない奴等のことも全て消し去った。１００％神経を集中し、すぐにやってくる肉体的苦痛に挑もうとしている。

両足は、ブレーキからラダーに移し、左手のスロットルを力強く押し込み、機体を軸線に合わせながら加速させていく。Ｐファクターを打消すために、左ラダーを充ててやる。タイヤから発生する滑走路との摩擦音は身体に響いてくる。５秒後には離陸速度に達し右手の操縦桿を丁寧に手前に引く。タイヤの摩擦音は消え機体は地面を離れる。

スホーイは普通のセスナ機に比べ2回り小さい機体に、通常の約3倍の出力のエンジンを搭載している。スホーイが10メートル上昇するには1秒とかからない。刹那、私は操縦桿を一気に右に眼一杯倒す。離陸直後の背面飛行、最もハイリスクな瞬間である。左肩が外側に押し出され、スロットルを押し続ける左手が思うように動かせない。遠心力に逆らい操縦桿を右側へ倒し続ける。右腕の筋肉がギューと緊張する。頭の上には滑走路がある。上目使いに前方の滑走路の先を見つめ、背面状態のスホーイを加速するため操縦桿を少し手前に引く。機体は背面飛行のままスピードを増し高度を落としていく。全体重を支えるシートベルトが、体に食い込む。充分な加速が加えられた頃には反転した機体が滑走路すれすれに迫る。

多少引き気味だった操縦桿を、一気に前に倒す、そう、思いっ切りだ。背面ループに入った。身体は外に投げ出される、シートベルトがさらに体に食い込む。

体の一部を締め上げて血流をとめ、首筋を逆らうように昇ってくる血液が上半身に集中しないよう血流をコントロールする。眼球の毛細血管の充血・破損によるレッドアウトにならないようにするためだ。操縦桿をニュートラルの状態に戻し機体を垂直上昇に。有り余る高出力のエンジンに引きずられるようにスホーイは500メートルを一気に上昇する。

今度は、スロットルを引きエンジンをスローに。力を失ったスホーイはノーズから地上に向かって旋回を開始する。このときの反転を右か左かへコントロールするのがラダー。

ラダーの能力を充分に引き出せないとスホーイはコントロールできない。ラダー操作こそが操縦の極みである事を知るパイロットは少ない。

スホーイは、曲技専用のマシーン。セスナのそれとは違った飛び方ができて価値がある。散香も泉流も戦闘機、限界を追求した飛び方をして価値がある。そこには、コンピュータでも学者でも追随できない、他のものが体感できない極限の世界がある。

水素の思考と私

教官としての水素は「自分にいったい何が教えられるのだろう。いったいみんなは何を習いたいのか。」と考える。

セスナを操縦し基本操作を教える教官は世にたくさん存在するであろう。しかし極限の世界においては、大きく異なる。

「教えてもらえる技術は、自分が飛ぶために必要な技術ではあるが、自分が飛ぶ事と同じではない。全然違う。」という水素の言葉は、まさに現実として私の前に横たわっている。その瞬間を体感するためにもがき苦しみ訓練を積んでいる。

水素はティーチャを師としながらもライバルとして、そのテクニックを学んだ、いや盗んで、自らの感性を高めていった。

私は、スホーイの設計者でもあるアンリミテッド世界チャンピオンパイロットのユルギス・カイリスに師事している。彼も曲技の奥義(おうぎ)は言葉では教えようともしない。空気が翼から剝がれる「シュッ」と抜けた瞬間を体感できるものしか味わう事のできない世界がそこにある。

物理的に表現すると、それは機体から空気が剝がれ、失速した状態であるが、次の一瞬には空気が機体に張りつく。何をどの様に操縦しろ、などと具体的な言葉でなんか言い表されない。

ユルギスが言う、「俺をみて感じろ、ただそれだけだ。」と。

地上にいる時と飛行中のコックピット内では、随分思考のプロセスが異なっている。地上という安息の環境と、地上から遠く離れたコックピットでは、流れる時間のスピードが圧倒的に違う。

コックピットでは、思考が影を潜め、感性と肉体的反射により瞬間的に動作が繰り返される、性の官能に程近いような状態となる。パイロットと飛行機はまさに、一体化していく。命を掲げて自由を堪能する、究極の世界がそこにはある。

一方、地上では命を保障されるかわりに、社会的なルールに縛られ自由を失う。日常の雑多な事に振り回され、コックピットの中で感じる時間の何十倍もの時を過ごさなければならない。

水素が病院で創造した少年は、生と死・自由と社会という狭間で産み出された、パイロット特有の混濁した思考の現われであろう。

水素の願望である「明るい本当の空へ。もう一度上がっていこう。」という自我の本質的欲求は私も同じなのだろう。わずらわしい人間関係、混沌とした社会のルール、そして営々として築かれてきた文化という名の不文律。大地という安定した水と緑の世界は孤独を消し去り人間集団を築き上げ、個という存在を見失った。

人は本当の個という存在をなかなか感じられないかもしれない。生まれた瞬間には既に家族があり、社会があった。個とは何か特異な状況の一種かもしれない。

空にはスホーイに乗る私の存在しかない。機体だけを信じ本当の自由の中で孤独な自分に不安を感じながら飛ぶ、しかし、地上に降りると又空へ上がりたくなる。

ただし、水素と私の性の違いから発生する思考のバイアスは依然不明のままなのだが。

（むろや・よしひで　エアレース・パイロット）

巻末インタビュー

『ダウン・ツ・ヘヴン』について

森 博嗣

インタビュア：清涼院流水

――本日は、「スカイ・クロラ」シリーズ第三長編『ダウン・ツ・ヘヴン』の英語版の完成を記念して、著者の森博嗣さんにお話を伺いたいと思います。この巻末インタビューは今回で三回めとなりますが、過去二回は、海外読者からも日本人の読者からも喜びのご感想を多くいただいていまして、森さんファンには、このインタビュー目当てに購入される方も、いらっしゃるようです。森さんは、この企画のことを先日、ブログで「毎年恒例のインタビュー」と書いてくださっていました。いつもご協力いただき、本当に、ありがとうございます。

森博嗣（以下、森）　こちらこそ、ありがとうございます。なにもしていないのに、本が出るわけですから、感謝に堪えません。インタビューについては、せめてこれくらいのお返しは、という気持ちでおります。

――英語版「スカイ・クロラ」シリーズは二〇一九年一月現在、二五か国でダウンロードされています。英語が公用語ではない国でのダウンロードが多く、これは刊行前には予想できなかったことで、われわれ The BBB 関係者も嬉しい驚きを味わっています。

森さんの作品は昔からアジアでは広く訳されていましたが、英語になったことで、より広い範囲で、世界中のいろんな国で現在進行形で発見され読まれていることについて、どう思われますか？　また、このようにご自身の作品が英訳されることに関して、今後、期待されることはありますか。具体的には、小説に限らず、特に英訳してほしい作品やシリーズというのは、ございますでしょうか。

森　英語圏に生まれ育った人は、英語のコンテンツが沢山蓄積されていますから、エキセントリックな文化に特別な興味を抱かないかぎり、遠い文化圏の作品に触れようとしない傾向にあると思います。むしろ、自国の文化が充分に文章化されていない人たちの方が、他国のものを積極的に取り入れようとするのではないでしょうか。この場合に、まずは英語であり、次には、わかりやすく親しみを感じられる内容の物語が求められると思います。エンタテインメントという文化がまだ育っていない国も、世界には沢山あります。今はまだ一部のエリートが読むだけかもしれませんけれど、今後は少しずつでも広がっていくことでしょう。

英訳に期待するというのは、間口の問題からです。インタフェイスとして、できるかぎり広く対応することが重要だと考えています。一言でいえば、互換性ですね。コンテンツの価値の一部として、この機能が含まれると思います。

英訳してもらいたい作品としては、「ヴォイド・シェイパ」シリーズでしょうか。

ただ、この種のジャパネスクは、既に優れた作品が多く海外へ出ていっていることと想像しますし、一方では、海外の人のほとんどが、まだ存在すら知らない文化だとも考えます。興味のある人は既に満足し、それ以外の人たちは、興味を引かれないジャンルかもしれません。そう悲観しています。僕としては、もともと海外で読まれることを想定して書いたシリーズなので、未だに翻訳されていないことを残念に思っています。

――海外でも人気の剣豪物のジャンルで、剣に生きる侍を森博嗣さん独自の感性で描かれた「ヴォイド・シェイパ」シリーズは、たしかに、世界の読者にこそ読んでいただきたい作品ですね。おっしゃる通り、同種のコンテンツは多くあるかもしれませんが、森さんの感性で描かれた点に大きな価値があると思います。将来、「ヴォイド・シェイパ」シリーズも英訳されることを期待しています。

ここで毎回恒例のご質問をさせてください。森作品では、他の書籍からの引用文が、いつも効果的に使われています。『ダウン・ツ・ヘヴン』では、レフ・トルストイの『イワン・イリッチの死』の引用がとても印象的です。トルストイという作家、あるいは、この作品単体に、特別な思い入れをお持ちなのでしょうか。もし思い入れがないのだとすれば、どうして、この作品から引用しようと思われたのでしょうか。

森　トルストイというのは、誰でも知っているビッグネームですし、一度は「読んでみようか」とか、「いったい何がそんなに凄いのだ?」と思う対象ではないでしょうか。僕の小説で引用されている本は、小説以外のものは全部、もちろん既読です。自分で面白かったと記憶している本から選んでいます。一方、小説を引用する場合は、九割は読んでいません。ほぼ無作為に、タイトルや作者名だけで本を買って、ぱらぱらと捲って引用箇所を決めることがほとんどです。引用して、面白そうだから読んでみようと思った作品は、今までに二つしかありません。ですから、引用したものが小説の場合には、思い入れはない、ということになるかと思います。理由は簡単で、そもそも僕は小説を読まない人間だからです。

どうして、その作品から引用しようと思ったか、という理由は、皆さんがイメージするものを想定して、それを取り入れようという意図です。有名な作品には、それなりのイメージが伴います。僕自身は未読なので、確固たるイメージは当然ながらありませんが、タイトルだけでも、イメージは想起されます。たぶん、実際に読んで僕が感じたイメージよりも、タイトルや評判から抱いたイメージの方が、皆さんの平均的なイメージに近いものになるでしょう。

引用する本を決めた時点では、これから執筆する物語はほとんど白紙、つまりストーリィも決めていない状態ですから、作品に合ったものが選ばれているわけでもありません。

まったくその反対で、引用したことによって、そのイメージに寄り添った物語になっていく、という影響はあると思います。これは、バックグラウンドミュージックと同じ効果で、その曲を聴きながら書いていれば、なんらかの影響を受けますよね。そういうものだということです。

引用をなくして書けば、無音で執筆したのと同じで、それもまた、無音に影響された状態だといえます。

この作品の引用は、自分で読んだ本からですので、比較的緊密な関係になっているかと思いますが、それほど顕著な差があるとも思いません。

——今回のトルストイに関しては、ご自分で読まれた本からの引用とのことですが、小説からの引用の場合、通常はほとんど読まずに引用される、というお話に驚かれる方が多いかもしれません。特に、著者・森博嗣さんの独特な思考法、発想法をまだほとんどご存じでない海外の読者には、森さんの思索の独自性が伝わるのではないかと思います。こうしたご回答で、著者・森博嗣さんの感性のユニークさが海外読者に伝わり、さらに関心を持っていただけることを期待します。

ところで、トルストイといえば、ロシア文学を代表する世界的な文豪のひとりです。森さんの作品を英訳して全世界に向けて刊行させていただくようになって驚いたことのひとつに、ロシアの読者から熱烈なファンレターを定期的にいただくことが挙げられます。これまでダウンロードされている二五か国の中でも、ロシアの読者からの反応が、いちばん大きいとも感じています。ロシアでは、森さんファンのコミュニティがあり、以前から「スカイ・クロラ」シリーズを日本語で読もうとしていたようです。ご自身の著作がロシアで熱心に読まれている、ということについて、どう思われますか。

森　ロシアというのは、日本の隣国ですからね。近しい国であることは確かです。研究者でも、何人かロシアの人とつき合いがありました。でも、行ったことは一度もないし、ロシアから日本へ来た人と会ったこともありません。どんな文化なのか、よく知りません。またロシア語もわかりません。

　僕よりも上の世代は、ロシアについて良い印象を持っていない人が多いかと思いますが、僕はそうではありません。どこかの国に悪い印象を持っている、ということは事実上無意味だと考えています。ロシアの人は、ロシアを受験して合格して国民になった人たちではありませんからね。

　最近では、庭園鉄道の関係で、ロシアの数人からメールをいただきました。線路をどこで売っているのか、みたいな質問もありました。日本のメーカを教えるくらいしか、答えようがありませんでした。

——The BBB から刊行させていただいた森さんのジャイロモノレール関連の eBook『ジャ

イロモノレールの理論と実験』と『シンプルなジャイロモノレールの作り方』は、現在三一か国でダウンロードされています。鉄道模型趣味の分野で森さんに注目されている海外の方も、きっと多いことでしょう。「スカイ・クロラ」シリーズも、今後、ダウンロードされる国は、さらに増えることを予想しています。

ロシアだけでなく、多くの国で森作品が今まさに発見されつつある理由のひとつとして、森作品が人間の孤独を真正面から見つめ、その孤独をやさしく肯定している点が決して無関係ではない気がしています。『孤独の価値』というエッセィのご著書もあるように、「孤独」は森作品の多くで描かれている共通テーマで、森さんの作家としての特徴のひとつである、とも個人的に捉えています。「どう孤独とつきあうか」、という問題は、やはり万国共通の、人類の普遍的なテーマだと思われるでしょうか？

森　これは正直よくわかりません。僕はこう思う、というレベルでしかないからです。日本の社会については、自分が生きてきた時間だけ観察できましたが、それでも、大勢の仲間に囲まれて過ごした時間は、人よりは少ない方だと思います。

多くの読み物で、孤独が否定的に扱われていて、孤独であることを悲観し、悩み苦しむ描写があるわけですが、「そんなこともあるんだ」というくらいにしか感じませんでした。子供のときから、むしろ一人にしておいてほしい、人と歩調を合わせるのは面倒なことだ、という感覚を持っていました。

日本特有の「村社会」の影響で、こんな一辺倒な「孤独感」が生まれたのではないか、だとしたら、できれば関わりたくないな、と考えていました。ほかの国で、どうなのかは、あまり話をしたことも観察したこともないので、わかりません。

僕が読んだことがある海外文学では、それほど出てこないテーマだと感じます。つまり、孤独感＝孤立感というのは、日本特有のものなのではないか、日本人には特に強く感じられるものではないか、とも思っていました。いうまでもなく、「絆」などの家庭的なグループ感が周辺にまで及ぶ構造が、孤独を助長しているからです。

アメリカやヨーロッパの文化というのは、攻撃するときには、もっと露骨になるのではないか。その結果、孤独というよりは迫害に近い状況に追い込まれるのではないか、とも想像します。そこまで含めれば、ようやく普遍的なテーマといえるかもしれません。

――なるほど、たしかに、ひとくちに「孤独」といっても、国ごとにイメージは異なり、日本人の「孤独」は、日本社会に特有のものかもしれませんね。どの国で育ったかによって、受ける印象は異なる可能性はありますね。

この「スカイ・クロラ」シリーズが、多くの国の方に興味を持っていただいている理由として、押井守監督による映画版『スカイ・クロラ』の存在が関係しているのは、間違いないと思います。『ナ・バ・テア』の巻末インタビューで、森さんは、「この二作めが出たあと、押井監督に決まったと覚えています」と、おっしゃっていました。ということは、この三作め『ダウン・ツ・ヘヴン』を森さんが書き始められる時には、押井守監督でのアニメ映画化が決まっていたのですね。アニメ映画監督の巨匠として既に世界で広く知られている押井監督が『スカイ・クロラ』を映画化されると決まったことで、『ダウン・ツ・ヘヴン』を執筆される時に、どのような影響がありましたか。

森　映画化が決まったことは、執筆にはさほど影響しませんでした。もともと、市街地で戦闘機がドッグファイトをする、というシーンを思い浮かべていて、そのイメージを書いたのが本作です。押井氏に決まったときには、既に執筆を終えていたかもしれません。

今思えば、アニメや実写の特撮にしたら、この市街地のドッグファイトは、萌える場面だったのではないでしょうか。たしかこの当時、こういった映画がハリウッドで作られたようにも聞きます。実際には、ビルの間を飛び回ったり、交差点で曲がることは、軽量な曲技機ならまだしも、普通の戦闘機では無理です（速度的に危険で、意味がない）。でも、映像にしたら、面白い。そういえば、「スター・ウォーズ」の戦闘機がこれに近い動きをしています。強力な加速装置があって、コンピュータ制御になれば可能かもしれませんが、乗っている人間が持ち堪（こた）えられないはずです。

映画のおかげで、ゲーム化が決まったので、この場面を取り入れたら面白いのにな、とは思いました。ようするに、自分が戦闘機に乗っている体験として、なにもない空よりも、周囲に見慣れたものがある場所の方が、映像的に面白くなる、というだけのことですが。

——英訳しながら読み返していて、この「スカイ・クロラ」シリーズを実写映画でも観てみたい、ということは、よく感じます。『ダウン・ツ・ヘヴン』の市街地でのドッグファイトなどは、特に、実写映えしそうですね。小説の英語版が出ることで、海外の映画関係者にも読んでいただきやすくなりましたし、将来的に、実写版の映画『スカイ・クロラ』誕生にも、個人的に期待しています。

「スカイ・クロラ」シリーズの大きな特徴として、各巻の巻頭の辞も印象的です。今回、『ダウン・ツ・ヘヴン』の巻頭の辞は、「醜い大人たちよ。」という衝撃的な一文で始まります。大人と子供、そして、永遠の子供であるキルドレというのが、この「スカイ・クロラ」シリーズのテーマとなっています。森さんは、「醜い大人たちよ。」と書かれた時、大人と子供の、どちらの読者を想定していらっしゃったのでしょうか。あるいは、大人と子供の両方にとって挑発的な文言を意識的に書こうとされたのでしょうか。

森　読者としては、完全に大人を対象としています。子供であっても、本作を読むような子供は、大人に半分はなりかけているはずです。ですから、自分の中に「子供」を失った大人に対して、挑発的に書かれた詩です。

もともと、「スカイ・クロラ」は、『戦争を知らない子供たち』という歌のフレーズの裏返しで発想した世界でした。つまり、かつての日本は、子供だけが戦争を知らなかったわけですが、平和が続いた現代では、みんなが「戦争を知らない大人たち」になっている。そんな平和に染まった大人たちにとって、最もインパクトがある状況とは、「戦争する子供たち」ではないか、と考えました。

よく、平和の中で大人たちはこう言います、「子供たちを戦場に送りたくはない」と。未来にも平和が続いてほしい、という願いです。けれども、その願いはエスカレートして、たとえば、戦闘機のおもちゃを格好良いと言う子供を窘めたりします。それは戦争の道具だ、格好良くはない、と大人は教えるのです。

子供たちは、戦争がしたいわけではありません。ただ純粋に、戦闘機が格好良いと感じるだけなのです。この感覚を大人に遮られるときに、大人の偽善あるいは欺瞞のようなものを、子供は見ることになるでしょう。何故、格好良いと言ってはいけないのか、という問題です。この部分を、「戦争反対」と言葉だけで繰り返す大人たちは理解していません。そういった意味を込めた詩になっています。

——「スカイ・クロラ」は、「戦争を知らない子供たち」というフレーズの裏返しから生まれたのですね。森さんの着眼点、そして発想法はとても勉強になりますし、なるほど、と、納得させられるお話です。
裏返し、といえば、以前、英訳している時に飛行機の向き（どちらの面が上になっているか）が気になってご質問した際、森さんから「空中戦においては、天地が逆転する（地面のほうが上になる）こともあるのです」と、ご教示いただいたことがあります。それと関連して、「ダウン・ツ・ヘヴン」のタイトルは、「天国」という本来、素晴らしいはずの場所に（上るのではなく）墜ちていく、という語感がとても印象的です。森さんには『墜ちていく僕たち』という著作もありますが、「墜落、あるいは堕落の美学（滅びの美学？）」のようなお考えを以前からお持ちなのでしょうか。それは、孤独を肯定されるのと似たような感覚でしょうか。

森　肯定しているというわけではありません。単に、「天国は上にある」という既成概念に気づくことが大事だ、というだけです。ある人にとって上でも、別の人にとっては下です。善悪もそうです。立場によって異なります。絶対的な座標というものは、実は存在しません。戦争は、両者が正義のために戦っているのです。
このシリーズでは、空を自由な場として描いています。空に上がることで自由になれると。そういった自由な心は、上も下もなく、天国も現世も、同じものに見えるかもしれません。

地上にいる人間は、これ以上墜ちることができませんから、天国へ上がっていく、とイメージするしかないわけですが、空で生きる人にとっては、それ以上は上がることはできないので、天国は下になります。飛行機が背面飛行していれば上になります。それを地上にいる人間が、「墜落した」と捉えるにすぎません。

——このシリーズで森さんが描かれている空の自由さは、他のシリーズも含めて、森作品から一貫して感じられる風通しの良さ、自由さとも通じる気がします。日本語では空想力は「空を想う力」と書きますが、「スカイ・クロラ」シリーズは、言葉通りの「空を想う力」に満ちていると感じられます。

森さんは、「スカイ・クロラ」のほかにも、いくつもの人気シリーズをお持ちです。シリーズものを拝読していると、巻が進むにつれて、シリーズ過去作で既に書かれていたできごとの意外な事実が浮かび上がってくることがよくあり、『ダウン・ツ・ヘヴン』でも『ナ・バ・テア』でも、そのような発見は当然ありました。「スカイ・クロラ」シリーズは、最初は続刊予定がなかったとのことですので、第一作『スカイ・クロラ』の時点では、あとに書く作品のディテールまで決まっていたわけではないと思います。であるとしても、二作めや三作めで書こうと思えば書ける物語の伏線が、第一作の執筆時に張られていたのは、作家の本能的な無意識によるものでしょうか。別の表現でお聞きしますと、「わざと意味ありげなことを書いておいて、あとでその理由を続刊を書く時に発見する」というテクニックを、森さんは、いつも自覚的に用いられているのでしょうか。

森　小説をあまり沢山読まないし、また小説家の友達も少なく、そういった技術的なことで、皆さんがどうされているのかも知りません。「自覚的」かどうかも、自分では良くわかりません。ただ、最初はゼロです。執筆していく過程で、あらゆるものが生じます。それらは、一作では消費できません。したがって、それらの一部を使って、別の話を書くことができます。

「意味ありげなこと」かどうか、あまり意識したことはありませんが、小説というのは、すべて意味ありげに書くものではないでしょうか。現実のものには、だいたい意味があります。だとしたら、虚構の世界でリアリティを得るためには、意味ありげに書かなければなりません。

書いていくことで、沢山の可能性が生まれますが、一作を書き終えた時点で、大部分は使えなかったネタになります。過去に思いついた可能性を、別の作品で使うと、同じネタの別の可能性は消えます。一つを使えば、沢山のものが使えなくなります。使うものよりも、使えなくなるネタの方がずっと多い。ただ、新たに生じるネタもあるので、その意味では、ネタがなくなったり、手持ちが少なくなることはありません。ようは、使うか、使わないか、というだけの問題です。使えば、つまりなにかを明かせば、他の可能性が消えます。自分としては面白くないのですが、ファンの方は喜びます。仕事で書いているので、ファンの喜びを優先することになります。

――一作では消費できないからこそシリーズものになる、そして、巻が進むにつれて、読者だけでなく、森さんも可能性を発見され続けているのですね。作品内容について印象的だった点として、『ダウン・ツ・ヘヴン』の episode 3 では、カヤバという人物が「最適の健闘を」と口にします。この印象的なセリフは episode 4 でも出てきますが、ゲーム版『スカイ・クロラ　イノセン・テイセス』では、「最適の健闘を」が出撃時の決まり文句として使われます。このセリフは、なにげなく書かれたものなのでしょうか。あるいは、ゲーム用の決まり文句を考えてほしい、と依頼されて考案されたものですか。

森　ゲームとは無関係です。この世界で習慣的に使われる言葉を自分で考えよう、と思って決めたものです。「良い健闘を」ではなく、「最適の」と言っているところが、やや冷めていて、客観的でもあり、効果が出るのではないか、と考えました。

言葉というのは、そういう意味で、のちのち力を持つ可能性があるので、なにげないものでも、立ち止まって考える必要があります。小説家は、虚構を書くわけですから、こういったディテールは大事にしなければなりません。言葉で世界を作る、という意味も、結局はこのようなディテールのことだといえます。

ゲームのときに考えてくれと依頼されたのは、小説では出てこない戦闘機の名称だったように思います。映画でも、それが出たかもしれません。どちらがさきだったか、ちょっと記憶が曖昧(あいまい)です。

――『スカイ・クロラ』が英訳される以前から世界中の読者に知られていた理由として、押井守監督によるアニメ映画だけでなく、日本語版と別に英語版が発売されているゲーム版『スカイ・クロラ　イノセン・テイセス』の存在も大きいのではないかと個人的に考えています。ゲーム版は原作の世界観をかなり忠実に再現していると思うのですが、森さんご自身は、戦闘機の名称以外では、ゲーム版にはどのように関わられ、どのような印象を持たれていますか。

森　エースコンバットのゲームを開発したチームが手がけているので、既にプログラムの基本的なサブルーチンがあったわけです。バンダイナムコへ出かけていって、チームの人たちと打合せをしたこともあります。そのあとは、主にメールで何度もやり取りをしました。シナリオはすべて目を通しました。特に、キャラの台詞をチェックしました。英語だとわからないと思いますが、日本語だと、女性キャラの言葉を、女性らしくしてしまいがちです。極力そういったことがないように修正しました。開発チームの方は誠実な仕事をされた、という印象を持っています。

レーダによって相手の位置がわかる設定になっていましたけれど、原作では、目視でパイロットが周囲を見回して、位置を確認する方が臨場感があります。そういったことが、ゴーグルを使ったVRで、今ならば可能になることでしょう。この当時は、加速度センサを使った操縦桿がせいぜいだったのです。

――『ダウン・ツ・ヘヴン』でも前作『ナ・バ・テア』でも、主人公の「僕」からティーチャという人物へのリスペクトが、とても印象的です。この関係性は、実は、インタビュア（清涼院）から森さんへの思いにも通じるのですが、作家ジャンルに限らない話として（専門のご研究や趣味の鉄道模型まで含めて）、森さんにとって、そのようにメンタ的な人物というのは、過去に、いらっしゃったのでしょうか。

森　研究や模型では、数人いらっしゃいます。天才的な才能を認めることは、自分にとっても幸運かつ重要で、そういった自分よりも上に存在するものに手を伸ばすことで、人は這い上がっていくものだと考えています。ただし、目指すのは、その人本人だけではありません。その天才が遺していったハーケン（楔）でも良いでしょう。文字どおり、そこが手掛かり、足掛かりとなるわけです。

――「スカイ・クロラ」シリーズは、すでに海外でも熱烈なファンを生み出していますので、日本人読者だけでなく、今後は多くの海外読者にとって、森博嗣さんの背中を追う手掛かり、足掛かりになると思います。

このシリーズは、第一作『スカイ・クロラ』がシリーズ全体の完結作となり、最初から結末が決まっている構成が非常に特殊です。森さんは、『スカイ・クロラ』の巻末インタビューで、「書き始めると、二、三作先まで見えてくる」とおっしゃっていましたが、『ダウン・ツ・ヘヴン』ご執筆時には、もう「あと（三作以上ではなく）二作だな」と、はっきり細部まで見えてらっしゃったのでしょうか。

森　いえ、三作か二作かは、実際に執筆してみないとわかりません。常に、だいたいの空間というか、距離のようなものをぼんやりとイメージしているだけです。それは、自分にとってならば、いくらでも広げられるし、物語を作り続けることはできますが、人が読むものを書いているわけですから、自ずとサイズが決まってきます。映画だったら二時間くらいというようなサイズです。

この物語の質と量はどれくらい、というのは、最初に書き始めたときに、だいたい見通せるものです。沢山を書くためには、それを支える質、つまり発想の豊かさや深みなどが必要です。シリーズの二作めを書いた頃には、この物語は、五巻くらいかな、というように想像しました。物語がどこへ行き着くのか、という具体的なストーリィやディテールではなく、全体のバランスとして決まってくるものだと思います。もっとわかりやすくいえば、「この程度の面白さでは、五作以上は読者を引っ張れないだろうな」といった判断です。

――「スカイ・クロラ」シリーズの長編全五作のうち三作めまで出揃った今、「シリーズ全体として楽しんでほしい」というお気持ちは、ありますでしょうか。また、このシリーズを理解する上で、最後の短編集『スカイ・イクリプス』の位置づけは、森さんにとって、どのようなものでしょう。つまり、「短編集まで読むことで世界が完成する」と思われているでしょうか。あるいは、短編集は、あくまで付随的なもので、長編ほどの重要度はないとお考えでしょうか。

森　特に、すべてを読んでほしいとは思っていません。本として一冊独立したものを出版したわけですから、どの一作を読んでもらっても、またどんな順番で読んでもらっても、作者としては、それぞれ想定している範囲内です。同時に、面白くない作品を入れたくない、という気持ちも常に働きますから、この一作は小休止、というものもありません。

　最後の短編集は、当初は考えていませんでしたが、皆さんの感想などをネットで眺めた上で、もう少しだけ説明をした方が良いかもしれないと考え、補足のようなヒントをちりばめて執筆しました。

　ただ、もちろん、読んでも読まなくても、それぞれの感じ方があると思います。感じるものに優劣はなく、正解も誤解もありません。いずれもが並列です。

——ありがとうございます。本日のご質問は以上となります。今回は『スカイ・クロラ』や『ナ・バ・テア』の巻末インタビュー以上に濃密な、深く考えさせられる素晴らしいご回答の数々をいただき、心から感謝しています。小説本編を読み終えられた方も、再読される際には、より豊かなイメージが膨らむのではないでしょうか。小説本編はもちろんのこと、このインタビューを通して、日本出版界の巨人・森博嗣さんの卓越した感性、個性、そして魅力が、今後ますます多くの国で発見されることを期待しています。森さん、今回もご協力いただき、本当に、ありがとうございました。

森　いつもありがとうございます。また、僕以外にも沢山の作家が、世界に出る価値を持っていると思いますので、こういった活動が長く、広く続いて、発展していくことを願っています。

二〇一九年一月　Down to Heaven (English Edition)by The BBB 巻末インタビュー

（せいりょういん・りゅうすい　作家／The BBB編集長）

ダウン・ツ・ヘヴン
Down to Heaven

〈単行本〉
中央公論新社
2005年6月25日刊

〈新書判〉
C★NOVELS
2005年12月15日刊

〈文庫〉
中公文庫
2006年11月25日刊

新装版刊行にあたり、巻末に著者インタビュー
「『ダウン・ツ・ヘヴン』について」を加えました。

本文デザイン
鈴木成一デザイン室

中公文庫

新装版
ダウン・ツ・ヘヴン
——Down to Heaven

2006年11月25日　初版発行
2022年 9 月25日　改版発行

著　者　森　博　嗣

発行者　安部順一

発行所　中央公論新社
〒100-8152　東京都千代田区大手町1-7-1
電話　販売 03-5299-1730　編集 03-5299-1890
URL https://www.chuko.co.jp/

DTP　ハンズ・ミケ
印　刷　大日本印刷
製　本　大日本印刷

Published by CHUOKORON-SHINSHA, INC.
Printed in Japan　ISBN978-4-12-207264-0 C1193

中公文庫既刊より

各書目の下段の数字はＩＳＢＮコードです。978－4－12が省略してあります。

も-25-15　新装版 スカイ・クロラ　The Sky Crawlers　森　博嗣

大人になれない僕たちは、戦闘機に乗り戦うことしかできないのだ――永遠の子供「キルドレ」が請け負う戦争。生死の意味を問う傑作シリーズ。〈解説〉鶴田謙二

207212-1

も-25-16　新装版 ナ・バ・テア　None But Air　森　博嗣

伝説の撃墜王は戦闘機乗りには珍しい大人の男。彼とともに出撃する喜びを覚えるキルドレのクサナギは……クサナギ・スイトの物語序章。〈解説〉吉本ばなな

207237-4

も-25-9　ヴォイド・シェイパ　The Void Shaper　森　博嗣

世間を知らず、過去を持たぬ若き侍。彼は問いかけ、思索し、剣を抜く。強くなりたい、ただそれだけのために。ヴォイド・シェイパシリーズ第一作。〈解説〉東えりか

205777-7

も-25-10　ブラッド・スクーパ　The Blood Scooper　森　博嗣

立ち寄った村で、庄屋の「秘宝」を護衛することになったゼン。人を斬りたくない侍が、それでも刀を使う理由とは。ヴォイド・シェイパシリーズ第二作。〈解説〉重松　清

205932-0

も-25-11　スカル・ブレーカ　The Skull Breaker　森　博嗣

侍の真剣勝負に遭遇、誤解から城に連行されたゼンを待つ、思いがけぬ運命。若き侍は師、そして己の過去に迫る。ヴォイド・シェイパシリーズ第三作。〈解説〉末國善己

206094-4

も-25-12　フォグ・ハイダ　The Fog Hider　森　博嗣

ゼンを襲った山賊。用心棒たる凄腕の剣士は、ある事情を抱えていた。「守るべきもの」は足枷か、それとも……。ヴォイド・シェイパシリーズ第四作。〈解説〉澤田瞳子

206237-5

も-25-13　マインド・クァンチャ　The Mind Quencher　森　博嗣

突然の敵襲。絶対的な力の差を前に己の最期すら覚悟しながら、その美しさに触れる喜びに胸震わせ、ゼンは剣を抜く。ヴォイド・シェイパシリーズ第五作。〈解説〉杉江松恋

206376-1

も-25-14
イデアの影 The shadow of Ideas
森 博嗣

主人と家政婦との三人で薔薇のパーゴラのある家で暮らす「彼女」。彼女の庭を訪れては去っていく男たち。知性と幻想が交錯する衝撃作。〈解説〉喜多喜久

206665-6

も-25-6
森博嗣の道具箱 TOOL BOX The Spirits of Tools
森 博嗣

人がものを作るときの最も大きなハードルとは、それを作る決心をすることだ——小説執筆も物作りの一つと語る著者が、その発想の原点を綴る。〈解説〉平岡幸三

204974-1

よ-25-1
TUGUMI
吉本ばなな

病弱で生意気な美少女つぐみと海辺の故郷で過した最後の日々。二度とかえらない少女たちの輝かしい季節を描く切なく透明な物語。〈解説〉安原 顯

201883-9

よ-25-2
ハチ公の最後の恋人
吉本ばなな

祖母の予言通りに、インドから来た青年ハチと出会った私は、彼の「最後の恋人」になった……。約束された至高の恋。求め合う魂の邂逅を描く愛の物語。

203207-1

よ-25-3
ハネムーン
吉本ばなな

世界が私たちに恋をした——。別に一緒に暮らさなくても、二人がいる所はどこでも家だ……互いにしか癒せない孤独を抱えて歩き始めた恋人たちの物語。

203676-5

よ-25-4
海のふた
よしもとばなな

ふるさと西伊豆の小さな町は海も山も人もさびれてしまっていた。私はささやかな想いと夢を胸に大好きなかき氷屋を始めたが……。名嘉睦稔のカラー版画収録。

204697-9

よ-25-5
サウスポイント
よしもとばなな

初恋の少年に送った手紙の一節が、時を超えて私の耳に届いた。〈世界の果て〉で出会ったのは……。ハワイ島を舞台に、奇跡のような恋と魂の輝きを描いた物語。

205462-2

お-65-1
西の善き魔女Ⅰ セラフィールドの少女
荻原 規子

舞踏会の日に渡された亡き母の首飾り。その青い宝石は少女を女王の後継争いのまっただ中へと放り込む。少女フィリエルの冒険が始まった。〈解説〉坂田靖子

204432-6

各書目の下段の数字はISBNコードです。978－4－12が省略してあります。

お-65-2
西の善き魔女Ⅱ　秘密の花園
荻原規子
貴族のたしなみを身につけるべく、修道院附属学校に編入したフィリエル。清らかなはずの学園にはしかし乙女たちの陰謀が渦巻いていた。〈解説〉酒寄進一
204460-9

お-65-3
西の善き魔女Ⅲ　薔薇の名前
荻原規子
幼なじみルーンと我が身の安全のため、フィリエルは王宮へ。冷酷な謀りごとが渦巻く宮殿で奮闘するフィリエルだがルーンは背を向け闇へと姿を消してしまう。
204484-5

お-65-4
西の善き魔女Ⅳ　世界のかなたの森
荻原規子
竜退治の騎士が王宮を発った。フィリエルは消えたルーンへの想いを胸に秘め騎士団の後を追う。竜の森でフィリエルと騎士団が出会ったものは……。南方冒険篇。
204511-8

お-65-5
西の善き魔女Ⅴ　銀の鳥　プラチナの鳥
荻原規子
隣国と帝国の紛争の火種を探るため、十六歳の女王候補がおしのびの旅に出る。山脈を越え砂漠の向こう、オアシスの国へ。異教徒たちの街が魅せる西方冒険篇。
204537-8

お-65-6
西の善き魔女Ⅵ　闇の左手
荻原規子
南の地には東の帝国からの侵略軍が――グラールの危機に、女王と対峙するため神殿へ向かうフィリエル。わらべ歌や童話に隠された「世界」の秘密とは？
204567-5

お-65-7
西の善き魔女Ⅶ　金の糸紡げば
荻原規子
八歳の少女の前にあらわれた、おかしな少年。とまどいながらも心を通わせていく二人……フィリエルとルーンの出逢いを描く、四季の物語。〈解説〉酒寄進一
204596-5

お-65-8
西の善き魔女Ⅷ　真昼の星迷走
荻原規子
ルーンは世界の果ての壁へ、フィリエルは北極の塔へ。吟遊詩人に導かれ、それぞれの危険すぎる旅がはじまった――大人気シリーズ完結！〈解説〉菅野よう子
204627-6

お-65-9
これは王国のかぎ
荻原規子
失恋し、泣き疲れて眠って目覚めたら、そこは――アラビアンナイトの世界に飛び込んだ中学生・上田ひろみ。不思議な力を持つ「魔神族」としての旅が始まる！
204811-9